Toda imaginação tem um quê de verdade

Contos e crônicas

Toda imaginação tem um quê de verdade

Contos e crônicas

Jurandir Pinoti

São Paulo | 2024

Editor: Fabio Humberg
Capa e diagramação: Alejandro Uribe
Revisão: Humberto Grenes, Cristina Bragato e Rodrigo Humberg

Dados Internacionais de Catalogação na Publicação (CIP)
(Câmara Brasileira do Livro, SP, Brasil)

Pinoti, Jurandir
    Toda imaginação tem um quê de verdade : contos e crônicas / Jurandir Pinoti. -- 1. ed. -- São Paulo : Editora CL-A Cultural, 2024.

    ISBN 978-65-87953-58-8

    1. Contos brasileiros 2. Crônicas brasileiras I. Título.

24-196775   CDD-B869.3
                                              B869.8

Índices para catálogo sistemático:
1. Contos : Literatura brasileira B869.3
2. Crônicas : Literatura brasileira B869.8

(Aline Graziele Benitez - Bibliotecária - CRB-1/3129)

Editora CL-A Cultural Ltda.
Tel.: (11) 3766-9015 | Whatsapp: (11) 96922-1083
editoracla@editoracla.com.br | www.editoracla.com.br
linkedin.com/company/editora-cl-a/ | instagram.com/editoracla |
www.youtube.com/@editoracl-acultural691

ÍNDICE

Apresentação	7
Formigante paixão	11
Seu Jacinto	15
Saqueira marrom	19
Fetichismo	23
A pitangueira enciumada	27
Saudades	31
Analgesia ou maluquice	35
Caminhadas diárias	39
A herança da titia	43
Véspera de Natal na zona	47
Bandalheira	51
Libertação	55
Amores	59
Talento	63
O rebu de Natal	67
Malhação	71
Filas	75
As caipirinhas do bar do Zé	79
Culpas	83
Gratidão	87
Cada um dava o que o outro queria	91
Não se desfaz de saudades	95
Vergonha nacional	99
Galanteios	103
Detalhes	107

O inesperado	111
O último dia	115
Kondome	119
Quartos	123
Retaliação	127
Despotismo	131
Cuidadoras	135
Cachorradas	139
O *luthier*	143
O porta-lápis	147
Luto	151
Cabeça de juiz	155
Inevitável	159
Amizade-colorida	163
Canalhices	167
Torcedores	171
Apache	175
Malandros e otários	179
Ditos, escritos e imaginados	183
Que falta faz o amor	187
Vintage	191
Petisco siciliano	195
Sainha godê	199
Ósseos anéis	203
Desassossego	207
Vizinhança	211

APRESENTAÇÃO

É grande a capacidade cognitiva com a qual somos dotados. Mas, como sabemos, ela é limitada. Dentre outras impossibilidades, essa limitação impede-nos de criar obras imaginárias sem nos valermos de lembranças e experiências de situações reais.

Houaiss, em seu *Dicionário da língua portuguesa*, define ficção como a "prosa literária construída a partir de elementos imaginários calcados no real e/ou de elementos da realidade inseridos em contexto imaginário".

Obras de ficção, desse modo, no entender do dicionarista, são criadas com um entrelaçamento de passagens reais e fantasiosas. Elas são assim classificadas para se contraporem àquelas de cunho essencialmente real, isto é, obras que tratam de fatos, conhecimentos científicos, artísticos, históricos, biográficos etc.

É válido, portanto, afirmar-se — e isso chega até a ser uma obviedade — que obras de ficção pura não existem.

A inspiração, força criativa que conhecemos bem, apesar de não sabermos como defini-la com propriedade, norteia o pensamento dos autores quando estes se propõem a escrever uma obra de fantasia.

Ocorrências reais, no entanto, são o estopim do texto fantasioso. São elas que primeiro vêm à cabeça dos autores. E eles se apropriam delas para dotar o escrito imaginário de aspectos compreensíveis, a despeito de a temática fantasiosa apresentar-se, dentre outras formas, com generosas pinceladas de sobrenaturalidade, extravagância, suspense, humor, violência, exagero, terror, meiguice e experimentos científicos.

Criações ficcionais, como mencionado acima, em suas várias manifestações, tais como romance, conto, roteiro de cinema, teatro e até letras de música, são mesclas de ideação e verdade.

Um texto fictício descritivo de bucólica paisagem não raro sai da mente de um autor que se encontrava emocionalmente atormentado ao escrevê-lo. Ao realizar seu trabalho, todavia, vale-se o escritor de paz e devaneio já conhecidos, porque experimentados em situações reais de pleno relaxamento e bem-estar.

Um romance de mistérios e mortes às vezes é criado ao aproveitar-se o autor de leituras, filmes ou até de distantes emoções reais, como atos de violência sofridos por ele, familiares ou amigos. Esses sentimentos, armazenados em sua memória, emergem com infindáveis aspectos ficcionais no ato da escrita.

É provável que não se saiba ao certo como a obra foi imaginada. Não constitui qualquer absurdo, porém, a crença de que os autores do Super-Homem (Joe Shuster e Jerry Siegel), da história em quadrinhos e do cinema, inspiraram-se num real justiceiro. Os criadores do personagem, talvez se lembrando de um intransigente e austero agente de polícia, apoiados em imensa liberdade imaginativa transformaram o policial no famoso super-herói.

Em outro exemplo, um escritor, ao passear pelas ruas do seu bairro, vê dois cães estranhando-se um ao outro.

Apesar de essa visão ser trivial para a maioria das pessoas, não o é para o criador. Ele volta para casa e, "de forma ficcional", inspirado na verdadeira briga dos cachorros, cria um duelo, um acerto de contas entre titãs ou pessoas cheias de ódio.

Cronistas, embora seus trabalhos em essência sejam de não ficção, ocasionalmente valem-se de situações verdadeiras e as recheiam com elementos ficcionais. Ainda bem que eles agem dessa forma, pois assim criam textos mais ricos com a liga de fatos verídicos e passagens imaginadas. A realidade, acrescida de doses de invenção, torna a crônica mais perfumada e apetitosa.

O mero aparecimento de uma lagartixa na parede pode despertar no cronista, num processo de criativa comparação e associação, a fantasiosa imagem de outros animais em cima de árvores, quem sabe à espreita da caça que os alimentará ou apenas descansando. Ao sentar-se para escrever, a predominante realidade ganha contornos ficcionais e alarga-se o impulso causado pela visão do minilagarto.

Da união de planos reais e fantasiosos nascem crônicas cheias de doçura ou amargas, dependendo do encaminhamento dado pelo cronista à sua idealização.

Essa maquiagem da crônica tem o nome – inventado por Nelson Rodrigues – de "passarinho". Vale a pena pesquisar a obra do Anjo Pornográfico, segundo Ruy Castro, e descobrir por que motivo o "tempero" da crônica ganhou esse nome.

Os temas expostos neste livro nasceram à luz dessas observações.

No trabalho, de forma insinuada, humorística ou irônica, há denúncia de ridículos e até criminosos comportamentos que campeiam em nossa sociedade, tais como, homofobia, racismo, vingança, misoginia, machismo, traição, violência doméstica, hipocrisia etc.

Longe dessas desordens comportamentais, alguns escritos estão cheios de amor, ternura, amizade, companheirismo e saudade. Crítica social também se apresenta ora de forma aberta, explícita; ora velada.

Vários títulos desta coletânea têm fundo embasado apenas no real. Entretanto, muitos deles apresentam forte conteúdo ficcional, acrescido de indispensáveis salpicos de veracidade.

Opa, que desastrado. Ao digitar o último ponto final acima, com uma cotovelada derrubei a xícara de café. O líquido escorreu sobre um livro aberto. Ao enxugá-lo com cuidado para não rasgar as folhas, pimba, veio-me a ideia: "Vou escrever um conto. Decerto o drama de uma equipe de socorro tentando resgatar apavorados hóspedes do topo de um hotel prestes a ruir, após a invasão das águas escuras provocadas por forte maremoto".

Obras ficcionais, em suma, não existem sem ao menos uma pequena porção de realidade.

O autor

FORMIGANTE PAIXÃO

Funcionário aposentado de um extinto ministério, seu Gregório Sanches é um velhote saudável e bem-humorado. Uma das suas atividades diárias é encontrar-se à tardinha com amigos e conhecidos em um botequim para umas cervejas.

Nos 20 e tantos anos de terapia, os inúmeros psicólogos que o atenderam não haviam notado nada de estranho — de muito estranho, bem entendido — no seu aspecto emocional. No entanto, ele, sim, conforme gostava de falar, já notara muitas maluquices no comportamento de alguns desses profissionais.

Num dos costumeiros encontros com os amigos, seu Gregório chegou ansioso ao bar. Antes de pedir a primeira cerveja disse que precisava desabafar algo e começou a falar.

"Meus amigos, outro dia, durante um lindo amanhecer, calçando chinelos como gosto, eu tomava café da manhã na varanda do meu apartamento, enquanto olhava o céu afogueado lá para os lados da zona leste da cidade.

Antevendo mais um dia feliz, eu senti um leve roçar em volta do dedão do pé direito. Um toque suave, como se uma minúscula pluma contornasse meu dedo. Bem calmo, relaxado, notei que o delicado afago me causava um prazer erótico. Após uns instantes, sem entender o que estava acontecendo, eu pensei: 'Fazer o quê? O dedão também deve ser uma zona erógena'.

O que me deixou surpreso foi descobrir a autoria das carícias. Vocês podem não acreditar, era uma formiga quem me bolinava. Uma formiga, amigos. Uma formigona xereta que examinava meu pé inteiro. Até achei que talvez o inseto estivesse com fome e, já gostando da bichinha, espalhei cascas de pão no piso da varanda para alimentá-la. A formigona, todavia, nem deu bola. Continuou a passear sobre meu pé e de repente apressou-se e desapareceu.

Vocês sabem como é. Curioso, peguei o celular para ler sobre a vida sexual das formigas. Os cientistas afirmam que elas têm consciência social muito desenvolvida e, aos pares, se acasalam no ar. 'Mas de que jeito?', indaguei-me. Os estudiosos sustentam que o macho insere seu edeago, isto é, o micropênis do bicho, no trato reprodutivo da fêmea e deposita aí espermatozoides. Estes, depois, correm até a espermateca da fêmea para ela os usar na hora certa. 'Hum, então esse tal de trato reprodutivo seria a vagininha dela?', pensei.

No café da manhã do dia seguinte, ao ver a formigona se aproximar, imaginando as carícias que receberia, estiquei o pé para facilitar o acesso da bichinha.

Dessa vez, ela se meteu nos pelos da minha canela e começou a subir. Quase na altura do peito, virou de ponta-cabeça e quanto mais avançava de ré, mais a bunda dela aumentava. Arrepiado, com doçura, murmurei a ela: 'Psiu, você é uma saúva, né'? 'Não, meu fofo, eu sou é taradinha por você.' Ela me respondeu assim, amigos, num jeitinho tão gostoso...

Fazer o quê, amigos? Acabamos nos apaixonando. Eu durmo de lado e ela, curvadinha, dorme dentro do meu umbigo.

Há noites em que ela, sorrateira, sobe meu corpo todo, mordisca meus mamilos, e, lá em cima, entra no meu ouvido e sussurra: 'Como seriam nossos filhos, meu fofinho?' Meus caros, quando ela faz essa pergunta eu me derreto."

Antes de contar esse fictício sonho aos boquiabertos amigos, seu Gregório já esperava a gozação que sofreria. Foi o jeito encontrado por ele de responder com escárnio a certas perguntas maliciosas que lhe faziam: "Você é solteirão, Gregório, aposentado e ganha uma nota preta do governo. Por que não arruma uma namorada e não vai viajar pelo mundo"?

Uma senhora bêbada na mesa ao lado, sem ter ouvido que tudo não passara de um inverídico sonho, gritou: "Uma formiga, seu tarado, vagabundo? É isso que dá ganhar uma fortuna do governo sem trabalhar enquanto o povo passa fome".

SEU JACINTO

Seu Jacinto, dentre outros motivos mais graves que lhe imputavam, era hostilizado no edifício porque, com 58 anos, nunca havia trabalhado e ainda morava com a velha mãe viúva.

Ele também era visto como tarado e maconheiro, "um perigo para o condomínio", diziam. A aparência do homem não o ajudava muito: alto, magro, barba malfeita e um sorrisinho deixando à mostra os dentes amarelados. A pele do seu rosto era esverdeada e a cabeleira caía-lhe até os ombros. No frio ou no calor, ele usava bermudão, camisa de mangas longas e tênis sem meias.

As mulheres não entravam no elevador de jeito nenhum se por acaso seu Jacinto estivesse nele.

Os pais protegiam com redobrado esforço as meninas e as adolescentes. Elas eram instruídas a ficar bem longe do homem. E como ele, os moradores afirmavam, às vezes piscava também para os garotos, as mães os orientavam a demonstrar destemor, inclusive, se necessário, com o uso de violência física.

Seu Jacinto, no entanto, nunca molestara alguém. Apenas pesavam contra ele a má aparência e as histórias, nunca comprovadas, de ataques sexuais e uso de drogas.

Os moradores já haviam feito reuniões com o propósito de estudar uma motivação para afastar seu Jacinto do prédio. Porém, jamais decidiram denunciá-lo à polícia.

Importava nesse julgamento o fato de a mãe do suposto criminoso ser uma senhora respeitosa, que nos finais de ano dava boa soma em dinheiro para os empregados do prédio.

Em quase todos os condomínios, sabemos, apenas existe uma falsa e contida paz. Contudo, com seu jeito amedrontador, até essa velada mentira seu Jacinto conseguia desvirtuar.

Fazia-se necessária sua expulsão. E tomar essa providência de que forma? A mãe dele era viúva de um diplomata. Estava bem de vida, pois o que herdara era suficiente para ela e o filho não terem qualquer preocupação financeira.

O problema é que as pessoas já não aguentavam mais. Elas temiam até ir à noite na garagem, pois receavam que o homem pudesse se esconder atrás de uma pilastra para atacar as mulheres. Todos achavam aconselhável a adoção de medidas enérgicas para acabar com aquele clima de terror.

Intolerantes, os moradores, pessoas de bem, patriotas, não chegavam a uma conclusão, a não ser à unânime ideia de que seu Jacinto não poderia continuar no prédio.

E nesse estado de revolta, explodiu a pandemia de Covid. Os condôminos trancaram-se em quarentena, menos seu Jacinto. Ele agora subia e descia sozinho no elevador; andava assobiando, despreocupado, pelas ruas quase vazias do bairro.

Os moradores, quando descobriram que o presumido delinquente não se importava com a doença, tiveram uma ideia. Como o homem não temia sair de casa, por intermédio do síndico eles pediam ao seu Jacinto que lhes fizesse favores: ir à farmácia, ao supermercado, ao açougue e à feira.

Essas necessidades poderiam ser satisfeitas de outra

maneira. Os condôminos, todavia, acreditavam que expondo-se demais o imaginário pervertido iria pegar a doença e morrer.

Seu Jacinto, feliz, conseguiu sentir-se útil. Aceitou, na hora, ajudar seus vizinhos. Fazia tudo o que lhe pediam, inclusive faxina no prédio.

Passaram-se vários meses. Um dia, enquanto tocava no rádio da portaria *Geni e o Zepelim*, do Chico, o porteiro, pelo interfone, respondendo a uma moradora que ficara muito tempo de quarentena numa fazenda, disse a ela:

— Sim, ele está bem. Está na garagem lavando carros.

Antes de desligar, o funcionário ouviu a mulher, com voz receosa, alertar o marido:

— Todo cuidado é pouco, amor. Acho que ele não se contaminou. Nem a peste conseguiu pegar o degenerado.

SAQUEIRA MARROM

O marido, ao voltar para casa depois do futebol com os amigos, entra às pressas no apartamento e corre para o lavabo. Alguns minutos depois ele grita:

— Amor, por pouco não faço nas calças. Me deu uma puta dor de barriga.

Ele não ouve qualquer resposta da mulher, e do jeito que estava, só com uma saqueira amarronzada, abre a porta do quarto.

A mulher, sentada em frente ao espelho, com a mão direita amparando a cabeça abaixada, nervosa diz:

— Amor? Amor uma ova, seu tratante. Tá vendo o vestido que estou usando? A gente não ia ao cinema e depois numa pizzaria, seu safado?

— Esqueci. Também você não telefonou.

— Esqueceu? De novo, né? Seu ridículo, e ainda tem coragem de me aparecer assim?

— Assim como, querida?

— Não acredito. Eu toda arrumada e você me aparece no quarto usando só essa coisa nojenta aí. Ainda se fosse a primeira vez. Eu não aguento mais, viu?

— Nós somos casados, amor, temos intimidades. Vivemos juntos há muito tempo.

— Sim, seu porco, mas a cada ano que passa você fica mais relaxado. Não se veste bem, deita na cama todo suado. Estou cansada dessa vida, não aguento mais.

— Ah, então é isso — ele diz esmurrando a penteadeira. — Agora as coisas estão se encaixando, sua traidora.

— Traidora, eu?

— Você, mesma, nojenta. O porteiro deixou escapar.

Ele me falou com um sorrisinho estranho que ela sai do prédio com cara de felicidade depois de ficar horas aqui em casa com você.

— Ela, quem, seu depravado?

— Não me provoque que eu encho essa sua cara de tapas, mentirosa.

— Ah, agora deu de bancar o valentão, seu covarde? Ponha a mão em mim pra você ver.

— Pensa que sou bobo? Você sabe de quem estou falando. Aquela morena bonitona que você diz com a boca cheia miiiiinha *personal trainer*.

— Cachorro — ela grita atirando-lhe um frasco de perfume que atinge em cheio a saqueira. — Além de traidora você está me chamando de lésbica, de bissexual?

— Que vergonha, sua aberração da natureza. Agora, com 50 anos, você resolveu sair do armário, né? Ainda bem que nosso filho está estudando no exterior. Coitado, ele iria sofrer se soubesse que a mãe é assim, uma... uma desavergonhada.

Com o rosto cheio de riscos que as lágrimas fizeram na maquiagem, ela começa a tirar suas roupas do armário e a jogá-las com violência sobre a cama.

— Leva tudo, vergonha da minha vida. Uns vestidos você pode dar pra sua amante, a *personal trainer*, — nervoso o marido grita. — E não me pise mais aqui, sua anormal.

Pouco depois, nervoso, vociferando, ele entra no banheiro, bate a porta com violência, e fica quase uma hora embaixo da ducha.

Ao sair do banho, ele não vê a mulher no quarto. Ainda

muito irritado, o marido a procura nos outros cômodos do apartamento e não a encontra.

"Dane-se, vou tomar umas doses de uísque", ele pensa enquanto entra na sala.

No dia seguinte, durante o café da manhã, ele ouve vozes na entrada do apartamento. Um pouco assustado, e antes de levantar-se da cadeira, ele recebe um forte pescoção. Atônito, cambaleando, o homem não consegue ver se foi a esposa ou a *personal trainer* quem deu o primeiro sopapo.

FETICHISMO

Duas mulheres conversam na sala de um apartamento. Sobre a mesinha de centro há uma garrafa de vinho tinto quase vazia e um prato com cubos de queijos variados e fatias de salaminho. A anfitriã, uma loira bonita, alta e a mais falante, novamente pergunta à outra:

— O cigarro não está incomodando?

— Não, amiga — a visitante responde e acrescenta:

— Estou tentando parar, mas o cheirinho da fumaça está uma delícia, uma tentação. Posso roubar um dos seus?

A dona da casa enche mais uma vez a taça de vinho, vai até uma das janelas, olha por um instante a rua arborizada e ao sentar-se diz à amiga:

— Você sabe. Faço terapia há anos e não tenho coragem de contar à psicóloga detalhes do meu relacionamento com aquele homem. Só falo pra ela coisas assim, meio por alto.

— Sei, claro, amiga. Se quiser desabafar... Talvez me venha na cabeça alguma ideia pra ajudar você.

— Você promete que não vai contar pra suas outras amigas e nem pro seu marido?

— Claro. A gente é amiga há muito tempo. Acha que vou fazer uma falseta dessas com você?

A anfitriã acende outro cigarro, e depois de um silêncio nervoso começa a falar.

— Só meio bêbada pra criar coragem e dizer essas coisas. Não sei se isso é amor ou não. Ele me olha de um jeito profundo, meio assustador, enquanto abaixa as alcinhas do meu sutiã. Fico com um puta tesão dentro da hidro do motel. Aquela água morninha... A espuma sobe e a gente só se vê do pescoço pra cima. É uma loucura o que fazemos dentro da banheira.

— Que delícia — a amiga diz. — Você é doida. Vocês vão para o motel quando seu marido viaja, né?

— Não, imagina. Vamos uma vez por semana, depois do almoço. Ficamos lá até anoitecer.

Ela acende mais um cigarro, caminha até a janela e ao voltar diz para a amiga:

— Não sei por quê. Não tenho coragem de falar alto o que me dá vontade de dizer pra você. Posso cochichar?

Diante da resposta afirmativa, a mulher aproxima a boca do ouvido da amiga e sussurra algumas palavras.

A mulher, impassível, começa a ouvir o cochicho. Aos poucos, ela vai arregalando os olhos e no final do desabafo levanta-se da cadeira e diz:

— E você aceita fazer essas coisas? Você é doida. Eu não teria coragem, juro pra você.

— Ah, eu sabia que você ia censurar. O que eu posso fazer? Eu disse para você, acho que estou apaixonada. No começo era só um passatempo. Agora não, ele me pede para fazer essas coisas e não sei como recusar. A merda é que estou sempre bêbada quando começo a satisfazer os desejos dele.

— Bem, se você acha que essas coisas deixam ele feliz, e se você gosta, continue fazendo, querida. Nada de culpa. A vida é curta. Só toma cuidado com seu marido.

— Eu sei. Pela idade engravidar eu não vou. Eu tenho medo é de pegar alguma doença. Ele não quer saber de usar preservativo. Outro dia ele me pediu para fazer uma coisa... Ah, essa eu não quis. Onde já se viu? Era um abuso e pulei fora.

— Nossa, além daquilo que você me contou o que mais ele queria fazer?

— O louco estava me obrigando a colocar um piercing.

— Ah, isso é até bonito, e está na moda.

— Eu sei, mas vou contar uma coisinha no seu ouvido. Outra vez ela se levanta e bem baixinho diz algumas palavras à visitante.

— Não acredito, o depravado pediu pra você pôr um piercing lá, nela, justo lá? — indignada a amiga pergunta.

A PITANGUEIRA ENCIUMADA

Nos dias quentes é prazeroso tomar o café da manhã na varanda do meu apartamento. De lá, vejo o sol pouco a pouco nascer e subir. Quando, às tardezinhas, bate uma inexplicável agonia no peito, naquele espaço, em alguns minutos, recobro a paz diante do avermelhado adeus com o qual o céu fecha o dia para abrir mais uma noite.

Uma pitangueira faz bonito no canto esquerdo do terraço. O bojudo vaso de cimento que a sustenta, a despeito do pesado esforço físico exercido, está feliz e sorrindo por cumprir essa tarefa.

A pequena árvore lembra uma altiva galinha cuidando dos seus pintinhos, representados por outras plantas menores, que fazem parte, de forma exagerada, digamos, do arranjo paisagístico do local.

Um importante aspecto deve ser dito sobre a pitangueira: ela dá frutos. Nos finais de ano a árvore fica pontilhada de frutinhas. Não sei se o que atrai os pássaros é a cor ou o cheiro das pitangas. Não tenho lá muito interesse no sentido usado pelos passarinhos para bicar as frutas. Prefiro deliciar-me com o ruído alegre que eles fazem disputando-as entre si.

Orgulhosa, a pitangueira passaria a me odiar se descobrisse que algo entendido por ela como um malfeito havia sido praticado por mim. A árvore imperava sobre as outras plantas da sacada.

Houve um dia, porém, em que ela notou duas roseiras plantadas no canto direito do balcão. Minha querida pitangueira, embora continuasse impondo respeito às outras plantas, sentiu-se diminuída e magoou-se. Imaginem, então, como ela ficaria se soubesse que fui eu quem plantara as roseiras.

A pitangueira tinha suas razões para se aborrecer. Ela imaginou que as novas vizinhas iriam abafar-lhe um pouco a liderança sobre as margaridas, azaleias, minicactos etc.

Cresceu mimada demais essa pitangueira. Onde já se viu preocupar-se com esses detalhes? Admito, ela não tem o dom de ir a feiras, supermercados e quitandas. Todavia, se isso fosse possível, ela descobriria que seus frutos não costumam ser encontrados nesses locais. Causa espanto a afirmação, mas há pessoas que nunca viram uma pitanga. Assim, minha arvorezinha devia orgulhar-se do seu protagonismo, porque na primavera ela se veste com frutas brilhantes, doces e conhecidas apenas por gente que entende do assunto.

As roseiras, contudo, talvez até por gracejo, não se comportaram como plantas disciplinadas, que apenas cumprem o papel a elas destinado pela natureza. Esse deve ser mais um motivo que levou a pitangueira a sentir-se ofendida por elas.

Algum tempo depois de plantada, uma das roseiras gerou botões, que se transformaram em rosas vermelhas.

A outra não deixou por menos e deu à luz perfumadas rosas brancas.

Nada existe de anormal até aí. Depois de algumas floradas, entretanto, algo estranho aconteceu com as roseiras.

Sem intenção de diminuir a altivez da pitangueira, querendo apenas chamar a atenção, elas começaram a florescer com rosas de cores diferentes das originárias brancas e vermelhas.

Eu devia ter reparado. A pitangueira não iria mesmo se indignar com futilidades. Foi um golpe em sua autoestima o poder de metamorfose exibido pelas esnobes roseiras.

A pitangueira durante um tempo permaneceu tristonha. Até que um dia, depois de bem adubada e regada com rigor, ela recobrou a felicidade. Lembrou-se de que seus frutos também mudavam de cor. Nasciam verdes, amarelavam-se mais tarde e depois se tornavam doces e vermelhos. Bem do jeito que os passarinhos gostam.

SAUDADES

Creio não ser possível a ninguém discordar que a saudade é a filha mais perfumada e doce da memória. Ela convive em nossa mente com um número incalculável de outras recordações marcantes. Destas, porém, apenas a saudade nos comove e nos toca com um sentimento de paz, suavidade e alegria.

Não importa nosso nível intelectual ou socioeconômico. Diferença nenhuma há se somos doutores ou operários. No meio de memorizadas técnicas, fórmulas e habilidades diametralmente díspares, que nos ajudam a enfrentar as inúmeras adversidades da existência, sem muito questionamento resplandece a saudade.

Ela é o poderoso recorte pretérito de toda nossa vida. Amiúde a saudade aflora para nos trazer de volta momentos felizes. Algumas vezes, contudo, esse resgate da alegria outrora vivida nos comove com mais intensidade. É compreensível. Nessas horas, o pensamento voa e nos enchemos de perguntas: "Onde estão aquelas pessoas com as quais no passado dividimos momentos de felicidade? Por que meus olhos hoje não têm mais aquele brilho estampado numa foto antiga"?

A saudade é um sentimento caprichoso e exigente. Embora conviva infiltrada na miríade de reminiscências que constituem nossa memória, ela só assume a condição de saudade se for constituída de acontecimentos bons. Sim, porque, a não ser na cabeça de malucos, recordações ruins existem, e muitas. Todavia, elas jamais trazem saudade, apenas a mera lembrança de acontecimentos tristes, do qual num átimo tentamos nos livrar.

Em quantidade, as boas e más recordações surgem de forma semelhante. Das ruins, mesmo tendo nos servido de estímulo para aperfeiçoamento moral ou profissional, não fazemos esforço nenhum para trazê-las de volta. Preferimos deixá-las mofando no arquivo morto da memória até que se esvaiam no tempo.

Quantas emoções são revividas pela lembrança na sua faceta saudade. Preponderam aquelas surgidas nos relacionamentos humanos, é inquestionável.

O carinho explícito recebido dos pais, avós e tios. As brincadeiras e brigas travadas com irmãos, primos e vizinhos. A alegria de conviver com amigos, alguns desde a infância até a velhice. As paixões, os namoros e os amores que tivemos. O dia em que nos casamos ou resolvemos morar com alguém. E o que dizer, então, das emoções causadas pelo nascimento de um filho?

Não só os vínculos gerados entre pessoas nos trazem saudades. Quem não se lembra da formatura no hoje chamado ensino médio? Por acaso existirá alguém que não se recorde, emocionado, da festa na qual recebeu o canudo apto a abrir-lhe a vida profissional como médico, engenheiro, dentista, advogado, dentre outras carreiras?

Cheiros, livros, fotos, viagens são chaves que abrem o cofre da memória de onde a saudade escapa e nos abraça com ternura.

Decerto, nenhum desses gatilhos consegue fazer disparar o sentimento de saudade com mais eficiência do que a música.

Nas estradas congestionadas, ao ouvir uma canção no

carro nossa respiração muda de ritmo. Deixamos de nos incomodar com o desconforto e o nervosismo do trânsito pesado, porque num segundo começamos a reviver um olhar, um abraço, um carinho. A canção nos leva a uma praia ou a um campo florido, ao lado de uma pessoa querida que talvez nem exista mais. E a memória, na sua função saudade, no momento nos traz de volta esse distante alguém, de novo sorrindo ao nosso lado.

ANALGESIA OU MALUQUICE

O jovem médico da assistência à saúde pública, irrequieto, para esticar as pernas recuava e avançava a cadeira com rodinhas onde estava sentado. Nesses movimentos, seus joelhos forçavam um pouco o tampo da mesa, fazendo tremular tudo o que estava em cima dela: um bloco de papel, uma caneta esferográfica e um carimbo acomodado sobre a almofada com tinta preta.

Atrás da mesa, pendurada na parede, meio desalinhada, havia uma reprodução do famoso quadro "O Grito", de Edvard Munch.

Por dois motivos o paciente não ouviu o médico dizer "Pois não?". O primeiro, porque o médico falou com a cabeça abaixada enquanto remexia uma gaveta; o segundo, porque o consulente estava com o olhar fixo no quadro da parede.

— O que o senhor está sentindo? — perguntou o médico, depois de encontrar o cortador de unhas que procurava.

— Muita dor. Dói todo o corpo.

— Dor? Estou vendo aqui na ficha que o senhor tem 79 anos — o médico disse, num tom de voz mais alto, balançando a cabeça.

— Eu sei, doutor, desde criança eu não sentia dor e agora me dói tudo. Minha mãe também não anda nada boa da cabeça.

— O quê? Sua mãe ainda é viva? — curioso, o médico cortou a conversa do paciente.

— É. Ela está velhinha e não sente dor nenhuma. Nem as irmãs dela, minhas tias, que são mais velhas, sentem dor.

— O quê? Você ainda tem duas tias mais velhas

do que sua mãe? — perguntou o médico, com os olhos arregalados, deixando pairar no alto a mão direita, com a qual empunhava a caneta com a ponta voltada para o paciente.

— É. Uma bênção, doutor. Minhas tias solteironas não tiveram filhos e minha mãe só teve eu. E ela costuma dizer às irmãs que não sentiu as dores do parto normal.

"Não é possível... Cada uma que a gente escuta aqui neste consultório", o médico, resignado, pensou.

Durante um curto silêncio, o cenário ganhou ares de *freeze-frame*, como se diz em cinema — uma saleta com duas cadeiras e uma mesinha, um quadro esquisito na parede e dois homens imobilizados olhando-se sem nada dizer.

A voz do médico interrompeu o clima pesado:

— Bem, acho que o senhor há muito tempo já deve ter percebido. O senhor, sua mãe e suas tias são uma aberração, digo, exceção. Essa analgesia congênita é muito rara e nunca soube que atacava uma família inteira.

— É, doutor. Eu também achava que ia ser igual a elas. Mas de uns dias para cá as dores aumentaram. Minhas tias e minha mãe até caçoam de mim. Falam que sou um fracote.

— O senhor trabalha ou trabalhava com o quê?

— Faz 38 anos que sou aposentado, doutor. Fui funcionário do correio. Separava as cartas por endereço. A verdade é que eu queria ser locutor de rádio, como aquele da *Voz do Brasil*.

— O quê? — perguntou o médico perplexo. — O senhor se aposentou com 41 anos de idade?

— É. Foi por invalidez.

— Espera aí, o senhor disse que faz pouco tempo que as dores começaram. Que invalidez era essa?

— Verdade, doutor. Foi por causa da cabeça, dos nervos, sabe? Mamãe também se aposentou por causa disso.

— E o seu pai? — o médico ainda encontrou força para perguntar.

— Eu não conheci, doutor. Ele abandonou a gente quando eu nasci. Foi por esse motivo que minha mãe começou a fraquejar da cabeça, coitada.

CAMINHADAS DIÁRIAS

Há alguns meses consultei um endocrinologista. O médico, simpático e sorridente, contou umas piadinhas, fez algumas perguntas e mediu minha pressão arterial. Após dizer que adorava massas acompanhadas de um vinho tinto, ele me mandou subir na balança.

Nem era necessário ele apontar o óbvio — eu estava ligeiramente gordo. Foi por esta razão que marquei a consulta. Todavia, recordo-me bem, ao comparar a minha pança com a do médico, a dele era, por aí, o dobro da que eu ostentava naquela época. A proeminência abdominal do especialista balançava quando ele gargalhava depois de mostrar, com sons e gestos, como ele comia escargots em Paris.

Ao chegar em casa, tomei um uísque com gelo de água de coco. Depois do banho, num calor de dezembro, de bermuda na sala, encarei mais umas doses. Assim, bem-disposto e feliz, desrespeitei uma das principais orientações do médico: beber com moderação.

Na TV, um documentário sobre guerras mostrava o patriotismo de rapazes que voltavam para seu país dentro de caixões lacrados. Alguns desses soldados mortos não tinham pernas, braços e cabeças — guerra é guerra. O locutor, na cerimônia de sepultamento, enquanto o corneteiro executava o *Taps*, sem qualquer emoção parecia dizer memorizadas palavras de elogio à dolorosa resignação dos pais, esposas, namoradas, parentes e amigos dos soldados trucidados.

Depois de mais um uísque, resolvi ouvir música. Sambas e marchinhas de carnaval alegraram-me por um lado e revoltaram-me por outro. Que absurda razão é essa capaz de mandar jovens à provável morte? Mais poder, mais terra, mais dinheiro, seriam esses os motivos?

Aqueles moços deveriam ter sido enviados ao exterior, onde foram massacrados, para ensinar passos de danças do seu país, isto sim um verdadeiro, benéfico e frutífero patriotismo.

Um lampejo de esperança deixou-me mais calmo (uísque faz tão bem para a alma). Vi descortinar-se um idealizado futuro, no qual os meninos e meninas de hoje haviam descoberto um jeito infalível de resolver impasses políticos, religiosos e econômicos sem necessidade de guerras.

No dia seguinte acordei pensando em seguir as demais recomendações do médico.

Mas a outra delas eu também desobedeci. Onde já se viu comer só meio pãozinho francês com um pouco de margarina? Nada disso, deixei para tomar um leve café da manhã a partir do próximo ano. Já estávamos em dezembro e uns dias a mais com ovos, presunto, pão, manteiga, leite, café e suco de laranja não iriam alterar o meu peso.

Resoluto, porém, a um outro item da recomendação médica eu decidi atender: caminhadas diárias.

Meia hora estaria ótimo, orientou-me o doutor. Mas, após um mês, para atingir adequado nível de queima de calorias, eu deveria aumentar para uma hora diária.

Quando o médico fez essa recomendação, batendo no meu ombro, algo me disse que ele havia gargalhado por dentro, causando um chacoalho anormal na barriga.

Saí de tênis, bermuda, meias até quase os joelhos, boné

e óculos de sol. Não consegui decifrar o que o porteiro escondia por trás do seu sorrisinho, após responder ao meu cumprimento.

Algumas horas depois, ao voltar mancando para casa, assim que atravessei o portão, o rapaz, com o mesmo sorriso maroto, me perguntou:

— Nossa, o que aconteceu doutor?

— Um desgraçado dum cachorro me mordeu — respondi. — No pronto-socorro me deram cinco pontos na coxa. Eu sabia. Esse negócio de caminhadas diárias não ia terminar bem.

A HERANÇA DA TITIA

Com gestos graves, ante o sinal de consentimento dado pelos dois familiares da morta, o agente funerário fechou o caixão.

Em seguida, um pequeno cortejo deixou a sala do velório e seguiu em direção à sepultura. Ninguém chorava, no entanto algumas pessoas jogaram flores sobre o esquife, antes que este fosse recoberto de terra.

— Adeus, titia. Que saudade a senhora vai deixar —, disseram em voz baixa os dois irmãos, sobrinhos da morta.

O enredo de vida da mulher terminava ali, naquele enterro. Findo os trabalhos mortuários, porém, outra história começava. Agora sem o protagonismo da defunta, relegada pelo destino à condição de espectadora espiritual, para quem acredita nisso, é claro.

Na volta do sepultamento, os dois sobrinhos da mulher, seus herdeiros, resolveram parar num restaurante. Eles beberam várias doses de uísque e desistiram de almoçar. O álcool e a excitação tiraram-lhes o apetite, mas não os desviaram do assunto principal: o dinheiro que sobre as mãos deles cairia do céu, "onde agora repousava a querida titia", eles devem ter pensado.

Os dois rapazes, filhos do falecido único irmão da recém-morta, inteiraram-se de que a mulher não havia deixado testamento. Livraram-se, assim, do medo de que a tia tivesse decidido beneficiar alguém estranho à família.

Um advogado explicou-lhes que seria fácil e rápido fazer o inventário dos bens da tia. Não havia menores de idade e nem pessoas com problemas mentais. O causídico afirmou-lhes que, no máximo em um mês, eles receberiam a herança.

Algumas pessoas na missa de sétimo dia comentaram que os sobrinhos deviam ter grande admiração pela tia. "Eles desembolsaram uma grana preta para a igreja", conjecturaram. Entenderam assim porque a missa não fora celebrada em louvor à alma de vários mortos, como era costume. Não, os rapazes fizeram questão de uma cerimônia exclusiva para a alma da tia.

Os irmãos, após a missa, entraram em um botequim.

— Pronto, gastamos uma puta grana e fizemos tudo bonito. Velório de primeira, missa exclusiva, agora é só esperar o inventário acabar — afirmou o irmão mais velho.

— Você sabia que a tia tinha vendido todos os imóveis dela há muito tempo, né? — perguntou o outro.

— Melhor, mano, assim não dá trabalho. É só levar a papelada no banco onde ela mantinha conta e receber o tutu.

— É verdade. O que você vai fazer com sua parte?

— Primeiro de tudo vou comprar um carro novo. Não aguento mais aquela lata velha que eu tenho. E você?

— Ah, vou comprar um *big* dum apê na praia. E umas casas pra alugar.

— Estou aqui pensando numa coisa, mano.

— Nossa, você mudou de assunto. Tá inventando o quê?

— As pessoas vão falar que a gente só cuidou bem do enterro e da missa por causa da herança. Por esse motivo, acho bom a gente mandar construir um túmulo bem chique pra titia, todo de mármore. A gente vai receber uma grana preta mesmo.

— Boa ideia, mano. Quer almoçar lá em casa hoje?

Quando chegaram no apartamento, na sala estavam a esposa do irmão que fizera o convite para o almoço, um homem de terno e uma mulher sorridente.

— Amor, fique calmo, viu? Ela era casada com sua tia — a esposa disse ao marido. — O advogado aqui me mostrou todos os documentos e afirmou que ela vai receber a herança inteira.

— Peço desculpas, queridos sobrinhos, não fui ao enterro da minha esposa porque em estava em Miami fazendo compras — esclareceu a mulher com ares de deboche.

— Sobrinhos uma ova, sua oportunista! Aquela biscatona sem-vergonha enganou a gente! — gritaram os irmãos. — Por isso que a desgraçada não dava notícias há muito tempo.

VÉSPERA DE NATAL NA ZONA

Culpa, solidão, remorso, não é fácil entender o sentimento que atormenta a maioria das mulheres nos prostíbulos quando vem chegando o Natal.

Elas se tornam melancólicas e negam a si mesmas o propósito que as mantém nessas casas. No mínimo, elas esperam a ausência de clientes, pois preferem ficar quietas com o torpor que as invade.

Muitas conseguem manter-se sóbrias. Outras, porém, na véspera do Natal, desrespeitam a compostura que lhes cobram as cafetinas e afugentam as dores com doses de uísque e garrafas de vinho e cerveja.

Agora dona do próprio negócio, a velha prostituta, bêbada mais uma vez, e por isso contrariando o que recomenda às suas meninas, na noite de Natal remexia uma das gavetas da cômoda, onde guardava "A história da minha vida", como ela gostava de dizer.

Dentro de um pequeno baú de madeira, misturadas a caixinhas de fósforos, lencinhos de papel com logotipos e outras pequenas lembranças, havia inúmeras chaves de porta. Dessas tradicionais, metálicas, ligadas por uma correntinha à argola de um chaveiro. "Tudo cortesia dos hotéis de luxo onde me hospedei. Meu Deus, de várias partes do mundo", contemplativa pensava a mulher.

Ela sabia que há anos essas chaves antigas haviam sido substituídas por modelos eletrônicos, de plástico. A cafetina pegou uma das chaves e, saudosa, olhou-a demoradamente. Movida quem sabe por um sentimento de superioridade em relação às moças que trabalhavam na casa, ela deu um longo suspiro e gritou para as garotas:

"Meninas! Vejam! Era com um objeto lindo como este que eu entrava nos hotéis do Rio de Janeiro, de Buenos Aires, Poços de Caldas e até de Lisboa. Não tem nada a ver com esses pedaços de plástico sem graça que agora vocês usam nos motéis quando saem com os clientes. Que decadência, meu Deus. Juro, tenho dó de vocês". Após mais um suspiro profundo ela disse: "Até os clientes eram mais bonitos. Eles vinham de terno e gravata. Acham que os homens iam ter a coragem de aparecer numa casa de garotas com essas roupas de hoje"?

Trôpega, ela tornou a entrar em seu quarto e voltou para a sala segurando com cuidado o bauzinho contendo os velhos guardados.

"Meninas. Isso sim é que era vida." E começou a tirar do baú, um a um, inúmeros chaveiros. Todos com chaves metálicas penduradas. "Olhem, esta era de um hotel cercado de neve em Bariloche. Um comerciante riquíssimo me levou para a Argentina", disse a mulher balançando o chaveiro.

As garotas, na sala da casa, com os olhos grudados na TV, não se interessavam pelo que a cafetina bêbada fazia. Mas ela continuava a exibir as chaves: "Esta, dourada, nem conto pra vocês. Eu estava com um homem 30 anos mais velho, num hotel de um cassino em Punta del Este".

Terminado o programa natalino da televisão, as moças, mais por respeito do que por interesse, voltaram a atenção para a dona da casa.

Após curto silêncio, uma garota perguntou à cafetina se ela havia roubado as chaves. A mulher deu uma gargalhada e, sem se ofender, respondeu que sim. Ela mentia aos porteiros que perdera a chave original e eles lhe davam uma cópia.

    Outra garota perguntou à mulher se ela já se apaixonara por algum cliente. Com essa pergunta ela se irritou: "Puta não se apaixona por cliente. Você devia saber". Nervosa, a cafetina abriu a blusa, mostrou uma enorme cicatriz no peito e disse: "Clientes é que se apaixonam por nós. Veja o estrago que a facada me fez. Um desgraçado me apunhalou só porque não aceitei ser amante fixa dele".

BANDALHEIRA

Dois idosos conversam num café do shopping.

— Como é a vida... A gente gostava de ficar nos bancos da praça, mas agora preferimos aqui. O que você acha?

— Ah, é bem melhor aqui. E passa cada dona gostosa...

— Hoje em dia, meu caro, está difícil contar piadas e fazer gozações. Essas coisas divertidas podem até dar cadeia. Sem contar que inventaram um tal de cancelamento. Se você der uma bobeada, uma escorregadinha, acaba sendo tratado que nem um marginal. As pessoas desviam de você na rua.

— Verdade. Que coisa, né? Pura hipocrisia.

— Lembrei de uma história divertida sobre bandalheira.

— O quê?

— A palavra "bandalheira", você esqueceu? A letra da marchinha do Jânio Quadros na eleição de 1960. "Varre, varre vassourinha, varre, varre a bandalheira." Meu pai era ademarista. Acreditava no Adhemar de Barros, rival do Jânio naquela eleição. Lembra do Adhemar?

— Claro que lembro. Dizem que ele inventou o "rouba, mas faz", né?

— Nossa, tem muita discussão sobre isso. Já atribuíram a vários políticos esse modo vergonhoso de governar. E o pior, meu caro, é que muita gente acha isso normal.

— Verdade. Que coisa, né?

— Meu pai não deixava a gente falar bandalheira. Ele achava que essa palavra era imoral. A gente que eu digo era a família: meus irmãos, minha mãe e eu. Então a gente cantava "varre, varre, vassourinha, varre, varre essa soleira".

— Acho que seu pai estava bem errado, né? Pra mim, bandalheira é uma palavra linda. Pena que esteja esquecida, fora de moda. Os políticos, as pessoas em geral e até os jornalistas não a usam mais. Agora eles falam fraude, corrupção, negociata etc. O som dessas palavras machuca. Bandalheira não. É a mesma sem-vergonhice, porém não fere os ouvidos. O som dela é lindo, "ban-da-lhei-ra". Dá até vontade de abrir os braços para o alto quando a pronunciamos.

— Hoje eu entendo meu pai. Ele não gostava da palavra só porque ela fazia parte da letra da música do Jânio Quadros, que ele achava um aventureiro.

— E a coisa piorou muito de uns tempos pra cá, meu caro. Antes você discutia política até meio exaltado e todo mundo escutava todo mundo, né? Agora você corre o risco de ser assassinado se falar certas verdades.

— As conversas não têm mais graça. Você tem que andar pisando em ovos. Qualquer brincadeira pode ofender alguém.

— Se a piada for sobre opção sexual, meu Deus, cuidado, conta baixinho pra sua mulher, seu amigo do peito, porque se um estranho ouvir você pode se estrepar.

— Por causa dessa merda, até as piadas divertidas sobre bichas e sapatonas a gente não pode mais contar.

— Tudo pode melindrar. Sim, você sabe quem são os melindrados? Sabe quem se ofende quando, sem intenção de maltratar alguém, você dá uma escorregada e contraria o tal de politicamente correto?

— Eu sei muito bem. São esses esquerdinhas de merda,

oportunistas, loucos para aparecer nos jornais e na televisão defendendo a luta contra o preconceito, contra uma bobagem qualquer. Depois viram candidatos a vereador ou deputado. E o pior, é que essa corja populista se elege.

Após um pequeno silêncio, eles retomam a conversa e, de repente, fixam o olhar na bunda de uma linda garota negra que passa rebolando, com uma saia bem curtinha.

— Indecente, depois reclama quando é estuprada.
— Verdade. Essa gente à-toa só causa confusão.
— É o fim do mundo.
— Uma sem-vergonhice.

LIBERTAÇÃO

Eles chegaram numa manhã de sábado. Duas moças e o filho de uma delas. A empregada, magrinha, de short jeans e com um cigarro na mão os recebeu alegremente.

— Ah, bom dia. Então a mãe de vocês trabalhou um tempão aqui, né? E esse menino lindo é filho de qual das duas? Entrem, entrem, daqui um pouco a patroa acorda. Ela me falou que vocês vinham aqui buscar as roupas do falecido.

A empregada serviu bolachinhas e café, ligou a TV e não se cansava de pedir desculpas pelo atraso da patroa.

— É uma pena. Eu não conheci a mãe de vocês. Soube que ela gostava de brincar com a patroa chamando ela de dorminhoca.

As duas moças não falavam nada. Sentadas num sofá da sala, com o celular na mão, elas demonstravam ansiedade ao cruzar e descruzar as pernas. De repente, o desconforto delas foi interrompido por um grito do menino.

— Mãe, olha uma mulher lá descendo a escada. Ela tá vindo pra cá.

Era a dona da casa. Trajando um robe vinho aveludado, uma senhora alta, com a cabeça raspada, a passos bem curtos aproximou-se deles.

A empregada logo se posicionou atrás da patroa, e enquanto olhava aflita para as moças girava o dedo indicador em volta da orelha direita, sinalizando a elas que a mulher era temperamental.

— Obrigado por terem vindo — disse a patroa. — As coisas dele estão no *closet*, lá em cima. Vão subindo, vão, eu vou atrás. Lembro bem da mãe de vocês. Ela gostava muito do falecido.

Enquanto as moças fechavam as malas, a dona da casa as observava sentada num pufe amarelo conversando com o garoto. De repente, a mulher, enfurecida, levantou-se e começou a gritar:

— Espera aí, espera aí. O terno preto riscadinho não era para pegar. A gravata de bolinha que eu comprei para ele em Londres também não, suas atrevidas. Tira da mala, tira o terno e a gravata. Onde eu estava com a cabeça quando chamei vocês, suas ladras.

— Calma, calma — interveio a empregada — Eu tiro das malas o terno e a gravata. Depois desço para fazer um chazinho para a senhora. Deita um pouco, deita.

Dizendo isso, a empregada se aproximou das moças, abriu o zíper das malas, e tirou o terno e a gravata. Depois, baixinho, pediu desculpas às moças e disse para elas saírem em silêncio e que não ficassem ofendidas porque a patroa se emocionava por qualquer coisa e perdia o controle.

Ao voltar ao quarto com o chá, a empregada encontrou a patroa chorando. Ao vê-la, a mulher se acalmou e começou a falar:

— Ele passou a vida inteira me roubando. Roubou meu íntimo, meus desejos, mesmo assim eu gostava dele. Agora ele acabou. A morte pôs um fim nessa situação e me sinto mais forte, até encontrei coragem para espantar aquelas ladras.

— A senhora fez muito bem.

— E tem mais — a patroa voltou a falar. — As bandidas,

as ladras, iam levando justo o terno preto riscadinho. É com ele que no sábado eu vou no baile com minha namorada. Eu já prometi para ela.

— O que a senhora disse, namorada, namorada? — a moça perguntou.

— Sim, minha namorada. Ninguém mais vai roubar meus desejos — com um sorriso estranho respondeu a mulher. — E tem mais, depois do baile vou trazer ela pra cá e deixar ela trancada no meu quarto dia e noite. Vou ser durona. Quero me vingar de todos esses ladrões que infernizaram minha vida.

AMORES

Definir sentimentos não é tarefa fácil. Entendidos nas mais variadas áreas do saber até hoje não conseguiram a contento realizar essa proeza. Os poetas, contudo, para as almas sensíveis que entendem seus versos, quase chegam lá.

O ódio, por exemplo, seria apenas uma aversão intensa, motivada por injúrias sofridas, como afirmam os dicionários? Ou também em sua inteireza teria salpicos de inveja e de afeições ultrajadas?

A dificuldade aumenta quando alguém pensa em subdividir um sentimento nas várias formas pelas quais ele pode brotar em nosso psiquismo. Como o ato de imaginar detalhes, nuances, costuma nos assaltar, com muitos erros e poucos acertos até conseguimos dar um aspecto de catalogação a um sentimento.

Apenas para ilustrar, sem intenção de defini-lo, porque isso seria impossível, ouso falar do amor. Os gregos antigos — nesses assuntos do coração eles sabiam dar as cartas — sustentavam haver três tipos de amor: Philia (fraternal), Eros (sexual) e Ágape (afetivo).

Respeitados os sábios helênicos, e popularizando a questão, em nossos inclassificáveis tempos podemos destacar, de início, a existência do amor romântico. Dos amores, exceto o fugaz amor de carnaval, ele é o mais efêmero, aquele que logo, logo nos dá adeus. Justo ele que, não decorrido muito tempo antes de acabar, era adornado por adjetivos, tais como inesquecível, eterno etc. Pois bem, um dia ao acordarmos, sem saber por qual motivo, não sentimos mais aquele cheirinho doce que ele espargia.

Bem mais audaz, de tempos em tempos somos atacados

pelo amor de paixão. Perigoso esse sentimento quando não há forte grau de reciprocidade entre os amantes. É o tipo de relacionamento que ajuda muito a sustentar o noticiário escandaloso das TVs. No passado, era um pouco do muito sangue que escorria ao torcer-se o famoso e extinto jornal paulistano Notícias Populares.

Esse amor é cheio de gritos e ameaças, e não raro entram em cena facadas e tiros. A paixão contrariada é sanguinária. Ela não respeita educação, classe social ou nobreza e faz reviver, no adulto, o sorvete ou o brinquedo que lhe negaram quando criança.

Existe também o amor delicado, suave. Ele não é ardoroso e nem frio. É quentinho. É esse amor que envolve o casal, de pijamas de flanela e meias de lã, deitado na cama vendo TV.

Deus nos livre de outro tipo de amor — o platônico. Ao senti-lo, no mínimo fazemos papel ridículo. Ele costuma entrar bem de mansinho na cabeça de um homem ou de uma mulher que sonham com uma pessoa a qual muitas vezes nem os conhece.

E aquele tipo apimentado de amor conhecido como erótico, carnal? Ele se apresenta soltando labaredas. É pura atração sexual, tesão desenfreado à pessoa amada, instinto animal incontrolável.

Ufa, dando um pouco mais de asas a esses amores, poderíamos prosseguir na catalogação de subtipos, variações pouco conhecidas e exóticas.

O mais sublime de todos, porém, é o amor companheiro. Ele tem um pouco de todos os tipos e imaginações de amor.

Cúmplice nas coisas erradas que fazemos, confidente de anseios, fracassos e vitórias, esteio e amparo nas cabeçadas financeiras.

Esse amor — é bem triste chegar-se a essa conclusão —, todavia, tem um grave defeito. Ele costuma ser mais reconhecido e chorado quando, por um motivo ou por outro, já não podemos mais vivê-lo.

TALENTO

Quando ainda se chamava Doralice, a hoje famosa atriz Allice Door morava com a mãe e o irmão de três anos num barraco de favela.

A garota levava uma vida difícil. O pai morrera atropelado quando mais uma vez voltava bêbado para casa. A mãe era doméstica e trabalhava fora o dia inteiro. Sobrava, então, para Doralice, depois das aulas, cuidar do irmãozinho. Nas manhãs, sem cobrar nada, uma vizinha tomava conta do menino.

Num domingo, dia de folga, ao voltar da igreja, a mãe da adolescente encontrou em casa uma antiga amiga, residente em outra favela. Durante a conversa, ela sentiu-se constrangida porque não tinha café para servir à visita e nem dinheiro para comprar. No fundo, embora as duas mulheres fossem pobres, envergonhada a dona da casa não queria demonstrar à amiga o quanto estava mal de recursos.

Logo, porém, a mulher se lembrou do que costumava dizer à filha: "Nós somos pobres. A gente não tem posses, mas nós temos saúde e inteligência". Em seguida, valendo-se desse lema, ela caminhou até a cozinha, chamou a filha e, para que a amiga ouvisse, falou bem alto para a menina:

— Doralice, vai até a padaria e compra um pacote pequeno de pó de café.

— Mãe, a gente não tem grana e eles não vendem fiado. Como eu faço? — sussurrou a garota.

— Dá uma saída. Inventa uma história e daqui uns 15 minutos volta para casa — a mulher respondeu bem baixinho.

A garota obedeceu. A mulher e a visita continuaram a conversa. Falaram sobre os preços nos supermercados, da falta de médico, do salário baixo, do aluguel que pagavam pelos barracos e sobretudo do aumento da criminalidade nas favelas.

Em suma, o tema predominante foi a cruel realidade social a que os pobres estão expostos em nosso país.

Após um curto silêncio, a visita, com um sorrisinho de resignação, sugeriu que mudassem de assunto e disse:

— Nossa, fazia tempo que eu não via sua filha. Como ela está bonita, né? Antes de você chegar bati um papão com ela.

— Ah, ela é meu tesouro. Sabida, vai bem na escola, cuida do irmãozinho. Alguma coisa me diz que ela não vai ter essa sina de pobreza igual a gente, não.

Instantes depois, voltando para casa, ainda fora do barraco, a garota gritou:

— Mãe, mãe, abre logo a porta.

Sentada, lívida, trêmula, com o olhar amedrontado, soluçando a menina começou a falar:

— Foi horrível, mãe. A padaria está fechada por causa de um assalto. Está cheio de polícia. Os ladrões fugiram com o carro de um freguês que estava lá.

— Calma, filhinha, calma, ainda bem que não aconteceu nada com você.

— Meu Deus, vou pegar um copo de água para ela — disse a visita levantando-se da cadeira.

Mal a amiga deu as costas, a garota piscou para a mãe. A mulher já havia entendido que nada daquilo acontecera.

Foi a desculpa que a filha arrumou para não comprar o pó de café por falta de dinheiro.

— Está ficando tarde, acho que vou para casa — afirmou a visita após a garota "acalmar-se".

— Ah, desculpa. Por causa do assalto nem pude servir um cafezinho para você — disse a dona da casa. — Todo cuidado nessas ruas por aí, viu? — ela acrescentou.

Assim que a visita saiu, a mãe perguntou à filha:

— Doralice, quem te ensinou a fingir desse jeito?

— Teatrinho na escola, mãe. A professora me falou que se eu quiser eu vou longe. Ela acha que eu tenho muito talento.

O REBU DE NATAL

Neno e Lurdinha estavam malcasados há tanto tempo que um já não aguentava mais o outro. É atitude corriqueira e salutar de vez em quando uma discussão entre marido e mulher. Entre Neno e Lurdinha, porém, esses desentendimentos não eram normais e muito menos saudáveis, principalmente para a cabeça do marido. O ponto que os diferenciava das rusgas matrimoniais comuns era o final dos bate-bocas, porque Lurdinha, mesmo sem ter razão, sempre ficava com a palavra final.

Na última véspera de Natal, depois de inúmeras vezes a mulher ter mandado o marido calar a boca, havia chegado a hora do casal ir à casa da mãe de Lurdinha. "Outra merda de ceia", Neno pensou.

— Eu quero ir de táxi, Neno.

— Jogar dinheiro fora pra quê? Vamos de carro, Lurdinha. Você nunca bebe. Eu, que encho a cara na ceia, dirijo na ida e você na volta.

Mais uma vez Lurdinha se impôs. Eles foram de táxi.

Durante o trajeto, o marido decidiu que naquela noite tomaria uma atitude enérgica, suficiente para dar uma reviravolta em sua péssima vida matrimonial.

A ceia seria o palco perfeito para ele pôr em prática o que planejara. Se ele conseguisse atuar do jeito imaginado, iria livrar-se de um problema conjugal que há anos o atormentava.

Quando a sogra abriu a porta do apartamento, Neno apenas disse-lhe "oi" e entrou. A mulher estranhou, porque o genro ao encontrá-la costumava dar-lhe atenção, um abraço e beijinhos na face.

A mesa estava bem arrumada. Flores, guardanapos de tecido e um Papai Noel elétrico, que em intervalos não muito longos chacoalhava um sino.

Neno andava pela sala e fingia interessar-se por horríveis quadros *naïfs* pintados pela sogra. No fundo, o que ele queria era afastar-se dos parentes chatos.

Ele nunca se sentira bem naquele apartamento. Nas festas, então, o homem temia que seu estômago explodisse. Ele odiava a conversa dos cunhados reacionários e as fofocas das mulheres. Não aguentava ouvir o cachorro velho, obeso e cego gemendo na área de serviço.

O vozerio invadia a sala quando uma garotinha gritou: "A ceia tá na meeeeesa".

Mais um Natal em que Neno não se sentou no lugar que pretendia. Indicaram-lhe uma cadeira perto da cozinha. E foi de lá que ele viu uma das cunhadas, sorridente, sair com o peru assado.

O tradicional prato natalino foi posto na mesa. Deitado de costas, embora sem os olhos para demonstrar, a ave parecia transmitir vergonha da situação em que se encontrava, rodeada de farofa malfeita, e ressecados pedaços de pêssego. O assado abriu as cortinas do palco. Neno, após mordiscar um pedaço da carne, começou a atuar.

— O peru está com gosto de sebo. Igual ao do ano passado. É um lixo perto daquele com o papo cheio de farofa gorda, que Mário de Andrade imaginou.

— O quê? — segurando um enorme garfo a sogra gritou. — Tá bêbado de novo, Neno? — ela complementou o espanto.

— Só bêbado pra aguentar você, sua bruxa — ele respondeu, e em seguida deu um tapa no Papai Noel.

O enfeite rodopiou e ao cair perto do cachorro começou a badalar o sino. O bicho assustou-se. O uivo prolongado que ele emitiu tornou o ambiente ainda mais tenso.

— Ficou louco, Neno, seu palerma? — Lurdinha gritou.

— Louco uma ova, sua autoritária. Daqui pra frente ou você me respeita ou volta a morar aqui, neste hospício que é a casa da sua mãe, essa ridícula. Ela pensa que é artista. Mas não passa de uma bêbada, que vive pintando uns quadros de merda.

MALHAÇÃO

Talvez vocês, leitoras e leitores, pressuponham que serão considerados abelhudos e mal-educados caso aceitem e pratiquem o seguinte conselho: "Prestar atenção às conversas de shoppings".

Nada há de indiscreto nessa dica. Ela é apenas um aceno para vocês constatarem até que ponto chega a má-fé exteriorizada por certas pessoas com cruel naturalidade.

Vocês notarão, por exemplo, que homens e mulheres muito conservadores são ao mesmo tempo preconceituosos. Com respeito às exceções, da mesma boca que sai "sou contra drogas, aborto e divórcio", também sai, de forma insultuosa, "negros e homossexuais são isso e aquilo".

Ao passarem por um dos cafés do shopping, não se assustem, pois é normal, vocês ouvirem um diálogo como o abaixo, entre um homem e uma mulher que acabaram de sair da academia.

— Malhamos bem, hoje, né?

— Nossa, se malhamos. Foi ótimo. Só não aguento mais a conversa idiota daqueles manobristas nordestinos. Todos os dias eles vêm com aquele papo subversivo.

— São uns vagabundos, isso sim. Eu também fui pobre. E na minha mocidade não existia esse negócio de "bolsa disso, bolsa daquilo". Até absorventes higiênicos os vadios acham que o governo deve dar. São umas sanguessugas esses esquerdinhas. Eles não querem progredir, só pensam em tirar o que temos.

— Verdade. E isso para dividir com índios bêbados, quilombolas obesos que nem porcos, pesando arrobas. Não sou racista, você sabe do que falo, né?

— Verdade, que horror essa gente. Acho que você também deve ter passado por uma situação lamentável. Pagamos uma fortuna para a escola da minha filha, e não é que uma professorinha nova, uma esquerdista de merda, deu um texto pornográfico para a menina ler em casa? Nem te conto, ficamos chocados. A garotinha veio perguntar o que significavam aborto e sexo seguro. Imagine se isso lá é coisa para ensinar às crianças...

— Pera aí, é um texto de uma feminista francesa, né? Eu conheço. A degenerada, dentre outras coisas, sustenta que pessoas de direita como nós são cheias de preconceitos. A professora do meu filho também deu esse artigo indecente para o menino ler. Já até marcamos hora para falar com a diretora e pedir a demissão da comunistinha.

Se essas pessoas conhecessem certas pesquisas iriam negá-las de forma veemente. Há anos é objeto de estudo o fato de que o conservadorismo e o preconceito estão ligados um ao outro. E teorias mais recentes acrescentam que esses posicionamentos sociais podem unir-se à baixa inteligência.

Essa é a conclusão de alguns pesquisadores do Canadá. Eles sustentam que adultos de baixo QI, ou com dificuldades cognitivas, são propensos a atitudes conservadoras e preconceituosas, como homofobia e racismo. O trabalho esteve a cargo dos estudiosos Gordon Hodson e Michael A. Busseri, do departamento de Psicologia da Universidade Brock, de Ontario, e foi publicado pela revista *Psychological Science*.

Além de conservadoras no mau sentido e preconceituosas, pessoas iguais àquelas que conversavam no café do shopping, em desprestígio da própria inteligência, não veem o mundo como ele é.

A internet permite o acesso a informações sobre qualquer matéria, mesmo sendo crianças quem as procuram. É mais salutar aos filhos que não se tente, em vão, esconder-lhes assuntos tidos como inadequados para a idade deles. O ideal é explicar-lhes, em linguagem apropriada, temas livres de preconceitos e maléfico conservadorismo.

FILAS

No seu passo hoje em dia bem acelerado, a ciência não se cansa de nos transmitir que devemos abandonar certos hábitos ruins.

A afirmação é apoiada pela maioria das pessoas. Mas há os incrédulos. Estes jamais deixarão de tomar sol o dia inteiro, embora a ciência afirme que essa prática pode causar câncer de pele. Eles também só deixarão o vício de fumar após o tabaco fazer-lhes os estragos conhecidos.

O necessário respeito a essas precauções é divulgado com exemplos claros pela mídia em geral. Porém, vícios, negativismo e teimosias constroem muralhas impeditivas da aceitação de salutares recomendações de saúde.

Bem, conformemo-nos, se nem a existência de legislação sobre o tema consegue amansar atitudes estouvadas, não vai ser a singeleza de algumas palavras que fará os recalcitrantes mudarem de ideia.

Uma das maravilhas da ciência — e desta creio ser difícil alguém desdenhar — acostumei-me de bom grado a vê-la sobre a mesa do meu escritório: o computador.

Dentre inúmeras outras facilidades, ele e o *smartphone* tornaram possível a compra de ingressos pela internet. Basta imprimi-los ou mostrá-los no celular e pronto. Garantida está a entrada em cinemas, museus, exposições etc.

A internet, no entanto, a despeito do seu enorme poder transformador de costumes, não descobriu ainda uma maneira de extinguir as filas, porque tal avanço esbarra em impossibilidade prática. Filas, de modo geral, inclusive aquelas para receber dinheiro, são detestadas. Quantos de nós já tivemos que acordar de madrugada para batalhar um disputado início de fila. Isso sem contar pessoas mais aguerridas que preferem passar a noite inteira enfileiradas esperando a abertura do local, onde serão mal atendidas.

Boas regras de convivência aos poucos foram surgindo no sentido de minimizar a perda de tempo causada pelas filas. Grávidas, portadores de deficiência física e idosos, por exemplo, podem agora colocar-se à frente das outras pessoas. Eles têm prioridade no atendimento, apesar de receberem olhares de reprovação de figurantes inconformados que ficaram para trás.

É verdade que amiúde alguns velhinhos entram na dianteira com pastinhas cheias de boletos alheios para pagar. Fazer o quê? É um jeito que eles arrumaram — coisa bem brasileira — de complementar a aposentadoria com um dinheirinho extra pelo serviço que fazem a amigos e parentes.

Enquanto algum luminar não aparece com um eficaz método de acabar com as filas, paciência, elas vão continuar, porque a simultaneidade de satisfação das necessidades humanas não passa de utopia acalentada por políticos demagogos. É certo que também existem os sinceros, não demagogos. Estes, todavia, nunca são eleitos.

Continuo a falar sobre filas. Devo estar sofrendo de algum transtorno compulsivo. A verdade é que a curiosidade de pensar sobre o ato tão corriqueiro, ancestral até, de enfileirar-se para satisfazer determinado fim trouxe-me mais uma vez a recordação das filas dos cinemas de rua.

Nessas filas, eu imaginava, sempre havia alguém despeitado por ver à sua frente, de mãos dadas com outra pessoa, quem um dia o abandonara. De forma oposta, também era frequente um rapaz e uma garota sentarem-se juntos, depois de terem, na fila, trocado sorrisos e olhares insinuantes.

    Nas antigas filas de cinema, hoje diminuídas pela venda de ingressos virtuais, nasciam amores e invejas, que eram vivenciados com o olho no olho. A ciência criou a internet e com esta propiciou outros meios de relacionamentos. Contudo, não custa admitir, eles não têm graça nenhuma.

AS CAIPIRINHAS DO BAR DO ZÉ

O bar do Zé da rua Maria Antônia não existe mais. E isso já faz alguns anos. Que tristeza... Intelectuais, artistas e bebuns em geral amargaram um longo luto pela irreparável perda.

Na esquina onde ele funcionava, há uma lanchonete agora. Limpinha, iluminada, mas sem alma. É apenas um salão com algumas mesas.

Acredito até que no local sirvam boa comida, cervejas e refrigerantes gelados. Esse tipo de comércio, porém, existe na cidade inteira, ao contrário de bares raçudos, com a estirpe do bar do Zé, cada vez mais difíceis de serem encontrados.

É provável que o finado bar, cujo nome de batismo era Bar e Café Faculdade, tenha morrido sufocado pelos bares da moda. Desses barulhentos, frequentados por pessoas que parecem tomadas por falsa alegria, porque não desgrudam do celular, o qual, sem dúvida, as leva para longe de onde estão.

Pode ser que façam um errado juízo e me considerem um rabugento conservador. Entretanto, havia e há tanta coisa ruim nesta cidade para desaparecer, e justo o bar do Zé teve que ir para o beleléu?

E se uma senhora setentona, antiga cliente do bar, num surto de delírio imaginar que está grávida e sentir desejo de comer o famoso sanduíche Peru Faculdade? Não seria fácil ao marido, ou a quem com ela vivesse, encontrar um lanche semelhante àquele e satisfazer a vontade da suposta gestante.

Afirmei não ser retrógrado nem ranzinza. Sim, com algumas ressalvas também gosto de mudanças, desde que as entenda como necessárias.

Uma noite, voltando meio alto do bar do Zé, e dessa forma sem condições de respeitar o comedimento que uso quando penso em alterar certos caminhos, decidi assumir uma vida diferente. Não me lembro agora que outro tipo de existência eu imaginava abraçar. Recordo-me muito bem, contudo, da atitude tomada para satisfazer o repentino desejo: joguei meu relógio no lixo. Que ingratidão!... Ele, místico objeto que me acompanhava há muitos anos, marcava a hora na qual eu devia dizer sim, não ou silenciar-me sobre as adversidades do dia a dia.

Por que naquela noite o Geraldão, um dos esteios do bar, não se limitou a me servir apenas umas três ou quatro das suas memoráveis caipirinhas? Decerto ele não percebeu que eu já havia extrapolado o número habitual de doses e já começara a dar mostras de ter mudado meu comportamento.

Ao levantar-me no outro dia, ainda sem me lembrar de nada, tateei o tampo do criado-mudo e o relógio não estava lá. Imaginei que alguém o houvesse roubado. Afinal, como diz o ditado, coisa de bêbado não tem dono. Carteiras, relógios e dinheiro, estando na posse de paus-d'água, são alvos fáceis para ladrões.

Quando a tolice que eu havia feito veio-me à cabeça, vesti-me e corri para a rua.

Boa coisa não deve ter pensado quem me viu naquela manhã, de cócoras, procurando, sem sucesso, o relógio no lixo próximo ao bar. Durante a madrugada, quem sabe um pedinte o tenha encontrado ao remexer no interior do latão em busca de latinhas de alumínio para reciclagem.

Caso essa hipótese tenha ocorrido, vai saber por quanto o mendigo vendeu o objeto encontrado. Talvez ele tenha conseguido razoável soma em dinheiro. Esse valor, no entanto, jamais alcançaria o número das boas e ruins atitudes que tomei tendo no pulso meu estimado relógio.

Mais calmo, desculpei-me pelas más ações e encorajei-me a repetir as boas, semelhantes, estas últimas, ao desejo de ter agido em busca de uma vida melhor, embora às custas do meu relógio. Que pena! Ainda não encontrei caipirinhas que pudessem motivar-me a realizar apenas bons atos, como faziam aquelas do finado Bar do Zé.

CULPAS

Naquele comecinho de noite morna de verão, as mesas externas do bar estavam lotadas. Numa delas, um homem bebia cerveja e fumava.

Ele se comportava de um jeito estabanado, deixando claro que estava bêbado, embora se mantivesse firme na cadeira. Sem qualquer motivo aparente, de vez em quando ele gargalhava e fazia perguntas ao garçom, que respondia apenas com um sorriso. Pessoas nas mesas ao lado fingiam não notar. Porém, de soslaio prestavam atenção em tudo.

Um moço obeso, sentado à frente do homem, o encarava. O jovem, contudo, parecia não enxergar nada. Mais um detalhe compunha a cena: quem visse o beberrão por trás sem dúvida começaria a rir, porque o rego das nádegas dele estava à mostra exibindo-se dentro de um frouxo bermudão estampado.

O moço não se mexia na cadeira, salvo os movimentos do braço, ao levar com a mão sem uso de palitos, de uma só vez, pedaços de batata à boca. Ele engolia as fritas com sofreguidão, como se não as mastigasse.

A chegada abrupta de uma senhora interrompeu mais uma das nervosas gargalhadas do homem. Ela se aproximou da mesa, colocou as mãos abertas em volta da cintura e disse em voz alta:

— Então é desse jeito, seu sem-vergonha, que você cuida do menino, trazendo ele pro bar?

Um silêncio pesado invadiu as mesas. Não havia olhos e ouvidos que não prestassem atenção aos impropérios ditos pela mulher, enquanto o rapaz, com ansiedade, continuava a engolir as fritas. Nos cantinhos dos lábios dele havia se formado uma baba viscosa e esverdeada.

— Vai se foder — respondeu o homem. — Me deixe em paz; senta aqui e não faça escândalo. Você se esqueceu que o menino ficou assim, surdo-mudo, por sua culpa? Preciso repetir isso a vida inteira, preciso?

— Culpa minha? — ela perguntou gritando. — Você me deu uma surra, seu maldito, descarado. Como é que eu podia levar o menino para tomar a vacina? Quando eu melhorei das pancadas voltei ao trabalho e esqueci da vacinação.

— Hum, de novo com essa conversinha? Você podia ter me pedido. Claro que eu ia levar o menino pra tomar a vacina.

— Ainda tem coragem de dizer isso outra vez? Você vivia bêbado e maconhado, dia e noite de ponta-cabeça, como ia levar o menino? Ele ficou surdo-mudo por sua culpa, criminoso.

O garçom trouxe a batida de maracujá que a mulher havia pedido. Ela deu uns longos goles e encarando o homem perguntou-lhe:

— Seu filho está bom?

— Ele não é só meu filho. É seu também. Ou já se esqueceu, do jeito que você fez com os dias de vacinação?

— Cafajeste, você tinha arrumado uma amante, uma vagabunda, e me expulsou de casa. Disso você não se lembra, né? De que jeito eu ia cuidar do menino? Eu era doméstica, viu? A patroa não ia deixar o menino ficar comigo no emprego.

— Tá bom, tá bom — ele respondeu. — Você sabe muito bem, me esforcei pra criar o menino da melhor forma que pude. Nunca deixei faltar nada pra ele. Gastei rios de dinheiro com médicos particulares, remédios, fisioterapia e outras despesas. Só de fraldas descartáveis foi uma fortuna.

Nesse momento, o rapaz, agitado, começou a bater as mãos sobre a mesa, enquanto balançava as pernas. Logo, com os olhos esbugalhados, e emitindo estranhos e agudos sons, parecidos com um choroso "nhã-nhã-nhã", ele apontou com os dedos indicadores a garrafa de cerveja.

— Tá vendo o que você fez com o menino? — a mulher gritando perguntou ao ex-marido. — Deixou o coitado ficar um bêbado como você, seu criminoso.

GRATIDÃO

Não há ninguém, com a cabeça no lugar, que ao longo da própria existência não se sinta na obrigação de agradecer a ajuda recebida de outras pessoas.

Claro que não me refiro aqui a pais e babás, tampouco a médicos, professores, dentistas e inúmeros outros profissionais, porque esses eram obrigados a nos ajudar.

Sejamos sinceros, contudo. Sem desmerecê-los, no dia a dia nunca é lá infalível o amparo que eles nos propiciam.

Quantos castigos injustos nos foram aplicados pelos pais em razão de pequenos deslizes comportamentais infantis: puxões de orelha porque demos uma surra no irmão mais novo, tapas nas nádegas porque ateamos fogo numa cortina etc.

Agora, deixando de ironia, e os remédios inapropriados que nos receitaram? Na falta de um diagnóstico correto passamos dias engolindo comprimidos e líquidos desnecessários. Isso sem contar inúteis e dolorosas injeções.

Durante o banho de bebês agitados, poucos escapam dos pequenos beliscões e tapinhas aplicados por babás com aparência de santa.

Tudo isso é verdade, se bem que nada desse tipo enviesado de ajuda habita nossa memória, porque éramos recém-nascidos ou crianças pequenas quando a recebemos, digo, a sofremos. A vida, porém, repleta de exemplos, nos ensina que sem dúvida passamos por esses transtornos.

Mais concretas são as lembranças dos préstimos oferecidos por pessoas que não tinham obrigação nenhuma de nos proteger.

Não foram poucas as ocasiões nas quais o filho da vizinha, meu amigo de infância, deixou-me segurar seu gato. Eu o agradecia, porque brincar com o bicho me alegrava.

Muitos anos depois, alguns colegas de trabalho tornaram-se gratos a mim. De vez em quando eles me pediam dinheiro emprestado e eu não negava. Essa gratidão aumentava quando recebíamos o salário. Sim, porque embora contrariado, eu concordava com o pedido que meus devedores faziam de reembolsar-me só no pagamento do mês seguinte.

De jeito nenhum eu poderia me esquecer de outra categoria. É a turma dos quebra-galhos, que nem sempre são nossos amigos. Muitos deles pertencem ao rol dos simples conhecidos, moradores do mesmo prédio, e por aí afora.

Não é fácil agradecer o auxílio que recebemos dessas pessoas pela grandiosidade do socorro por elas prestado. Enquanto viajo, elas encaram como dever cuidar do meu cachorro. Quando entrego o bicho aos cuidados delas não é só uma ajuda que obtenho. Também é um implícito oferecimento de reciprocidade que lhes faço: "Olhem, da mesma forma quero ser um quebra-galho para vocês. Quando viajarem, tragam seus gatos aqui para casa", penso, olhando-as nos olhos.

É imenso o rol de ajudas, simples atitudes e pequenos favores oferecidos pelo relacionamento humano que, por distração ou inabilidade, deixamos de agradecer.

Entender esses descuidos como ingratidão talvez seja pesado demais. Melhor seria pensar que, diante do inesperado, uma emoção desconhecida tenha nos impedido de pelo menos abrir um sorriso de agradecimento.

No metrô de Tóquio, num chuvoso domingo, uma garota japonesa, ao notar minha dificuldade para comprar bilhetes, posicionou-se na máquina ao lado da que eu estava e com muita calma, enquanto eu a olhava, digitou as teclas necessárias.

De forma educada, para não me humilhar, ela me ensinou a obter os *tickets* e se afastou. Eu não soube como agir no momento. Todavia, depois de a moça ter dado alguns passos, se ela tivesse olhado para trás veria o gesto de agradecimento que eu me esquecera de fazer minutos antes.

CADA UM DAVA O QUE O OUTRO QUERIA

O que os mantinha juntos, à luz do olhar preconceituoso do povo, era algo notório. Porém, o fato é que esse relacionamento divergia da conhecida maledicência, pois estava envolto em estranhas particularidades. Não era amor, nem namoro e tampouco simples companheirismo. O que os unia, em resumo, era uma mistura de mútuos interesses. Por isso, não havia qualquer tipo de exploração de um pelo outro.

No começo de uma noite enluarada, quando eles entraram num dos bares do *resort*, não houve quem não os olhasse. A mulher, loira, bonita, de vestido longo, querendo chamar atenção, de propósito causava forte ruído com o salto do sapato ao caminhar.

Uma simpática garçonete os atendeu:

— A gerente mandou estes drinques da casa como cortesia — disse a moça. — É aniversário dele, né? — ela perguntou à mulher.

— É sim, minha filha.

— A gerente viu a data na ficha que ele preencheu na portaria — a garçonete complementou.

Terminadas as bebidas, eles se levantaram e sorrindo caminharam em direção ao chalé. Outra vez foram alvejados pelo olhar fixo e sorrisinhos das pessoas que estavam no bar.

A ducha quente encheu o banheiro de vapor. A água deslizava sobre os corpos grudados um ao outro. A espuma cheirosa do sabonete descia pelas costas e depois sumia escorrendo entre as nádegas, para em seguida reaparecer nas pernas do casal.

A mulher segurava o companheiro pela cabeça e o beijava, deixando transparecer, com longos e ruidosos suspiros, que estava tomada de desejo. Terminado o banho, um enxugou o outro e abraçados foram para a cama. Antes de se deitar, no entanto, o homem demorou-se um pouco para escolher um champanhe no frigobar.

Deitada de lado, a mulher se olhava no enorme espelho da parede e pensava: "Meu Deus, consegui chegar aos 74 anos inteiraça. Maravilha, ele tem 27 e não desgruda de mim. Hoje ele me satisfaz mais do que no ano passado quando comemoramos meu aniversário em Miami".

Após esvaziarem o litro de champanhe, entraram na piscina aquecida e privativa do luxuoso chalé.

— Você se lembra de quando a gente se conheceu? — ela perguntou com os braços em volta do pescoço dele.

— Se lembro... Eu era garçom do navio. Você me olhava sorrindo e me chamava agitando o dedo indicador.

— De madrugada quando você entrou no meu camarote eu estava meio bêbada, mas nunca me esqueci daquela noite.

— Eu também não, sua... sua louca. Eu quis devolver as notas de 100 dólares que você pôs na minha cueca. Você não aceitou, lembra? E ainda pediu para eu dar a cueca para você.

Eles ficaram na piscina relembrando outras viagens que fizeram juntos a inúmeros países. Gargalharam quando ela disse não estar nem um pouquinho arrependida de tê-lo incentivado a deixar o emprego no navio.

O moço saiu da piscina e voltou com um roupão para

cobrir a mulher. Na cama de novo, ela abriu a bolsa, pegou um pequeno envelope e chacoalhando-o disse:

— Adivinhe o que eu comprei de presente pra você.

— Ah, sua louquinha. Você é o presente que eu mais quero. Bem, como você já comprou mesmo, com que letra começa o nome do presente? Estou curioso para descobrir.

— C.

— Já sei. Carro, aquele lindão que eu vi na loja.

— Não, querido, Casa. Aquele sobrado na praia que você amou. A chave está neste envelopinho, meu tigrão.

— Ah, sua louquinha, não precisava se incomodar.

NÃO SE DESFAZ DE SAUDADES

Inúmeros motivos podem levar um casal a separar-se. Quando duas pessoas estão juntas há pouco tempo, o baque causado pelo rompimento não costuma doer muito. Quem vai embora pega suas tralhas e adeus. Algo que, por descuido, ficou na casa pode ser procurado depois. Há casos, frequentes até, em que essa desatenção é proposital. Ela facilita uma visita ao ex-cônjuge para pedir dinheiro emprestado ou filar um almoço de domingo.

Na hipótese da separação de pessoas que vivem juntas há muitos anos, ressalvadas as exceções, o fato não é nada agradável, para dizer o mínimo. Rancores antigos são expostos; bens patrimoniais, como imóveis, são disputados aos gritos e com frequência por vias judiciais. Além disso, dentre outros dissabores, surge um relacionamento estranho com os amigos comuns do ex-casal.

Agora, quando a morte é o motivo da separação, seja antiga ou nova a convivência, a situação é angustiante. Além do sofrimento que a perda da companhia causa, é difícil à viúva ou ao viúvo livrar-se do sentimento de culpa e de remorsos, na maioria dos casos imaginários porque não embasados em acontecimentos reais.

O destino dos bens de maior valor deixados pela pessoa falecida é resolvido pelas leis de sucessões. Sapatos e roupas em geral podem ser doados a casas de caridade de maneira bem simples.

Mais dificultoso é pensar no que fazer com joias, bijuterias e relógios. Doá-los também? Não creio que essa seja medida adequada. Vendê-los é a atitude mais correta, imagino, porque, apesar de transformados em dinheiro, é um jeito de valorizar de forma simbólica os adornos que a pessoa morta gostava.

Na hipotética situação de um antigo casamento desfeito pela morte, sendo a mulher a que deixou este mundo, bem pode desenvolver-se da forma imaginada a seguir a venda das pequenas peças deixadas por ela:

— É o homem da joalheria — diz o porteiro no interfone. — Posso mandar entrar?

— Obrigado — diz o viúvo. — Peça pra ele subir.

Os objetos, dentro de estojos, caixas de papelão e alguns envoltos em retalhos de tecido, estavam acomodados em gavetas. Elas foram retiradas de um armário e postas sobre a grande mesa da sala de jantar do apartamento.

O avaliador, compenetrado e com gestos calmos, examina as peças e começa a atribuir-lhes o preço.

— Por este colar, estas correntinhas e estes anéis não posso pagar mais do que tanto.

E o homem prossegue referindo-se a inúmeros outros objetos.

— Este relógio é bom. O problema é que ele tem um estilo muito antigo. Não vai ser fácil revender. Posso dar tanto por ele. Mais que isso eu vou ter prejuízo. O senhor aceita?

O viúvo, emocionado, parece não ouvir o que o homem diz. Seu olhar ainda está voltado para as mãos do avaliador no momento em que este abria o estojo do relógio.

— Desculpa, acho que o senhor não ouviu — diz o comprador.

— Eu aceito os preços que o senhor fez. Mas decidi não vender esse relógio. Pensei bem e vou guardá-lo como recordação.

Após a despedida do avaliador o viúvo pega o relógio, olha-o com ternura e pensa: "Ainda bem que eu refleti melhor. Não vou vendê-lo nunca. Ela o usava desde o começo do nosso namoro. Que saudade! Ansiosa, consultando-o — ela me disse um dia —, quantas vezes se irritou com meus frequentes atrasos em nossos encontros".

VERGONHA NACIONAL

Dá para contar nos dedos os países que possuem uma história limpa, isenta de iniquidades, a exemplo da escravidão e do consequente preconceito racial.

Pessoas preconceituosas — e como elas existem — agem como se essa conduta não fosse criminosa, mas sim um costume inconsequente, um ponto de vista, um mero jeito de ser.

É imperioso, portanto, a tomada de atitudes enérgicas tendentes à erradicação dessa insana conduta. E tal pensamento deve nortear todos os países, não só os de passado escravocrata.

São inúmeras as infâmias deixadas pela escravidão, com as quais convivemos em muitos casos sem dar a elas o devido repúdio. A mais desprezível dessas afrontas ao ser humano é o racismo enraizado em nossa sociedade. Não raro de forma sutil, e muitas vezes explícito, o preconceito racial aparece em letras de música, filmes, livros e comerciais de televisão e rádio. Não como denúncia, que seria o correto, mas sim como efetivo e puro exercício de discriminação.

O racismo oriundo do cativeiro atua em benefício da população branca, quer no aspecto social, quer no econômico. Uma mostra dessa afirmação é o fato de que, como regra, os cargos importantes de liderança em nosso país são ocupados por pessoas brancas. No entanto, os serviços domésticos, em sua maioria, são exercidos por mulheres pobres e negras num ambiente humilhante de trabalho.

Na cidade onde vivi até os 20 anos, negros e brancos

caminhavam lado a lado sem qualquer rancor explícito entre a população. A igualdade racial, todavia, terminava aí, na aprovação de se deslocar livremente pelas ruas, parques e jardins.

Nas matinês de domingo e nas sessões dos sábados à noite não havia negros. Eles também não eram vistos na piscina dos clubes da cidade. Será que eles não gostavam de cinema e a água os amedrontava?

Nos então chamados cursos primário, ginasial e colegial eles não apareciam. A mesma situação repetia-se na minha turma de faculdade. Estranho, será que eles não queriam estudar?

Os negros não abriam mão das suas "preferências". Eles só gostavam de trabalhar onde não era necessário o uso de terno e gravata ou elegante roupa esportiva. Eu os via pendurados nos caminhões de lixo; voltando ensanguentados do matadouro municipal; em carretas puxadas a tratores que os levavam às fazendas de cana, as *plantations* do centro do estado de São Paulo, o mais rico da nação.

Menino, eu via tudo isso e quase me esqueço agora de falar sobre outros meninos: os meninos negros com suas caixas de engraxate de sapatos nas praças da cidade.

Onde nasciam os negros naquela terra? Na maternidade pública não era, porque eu nunca vi uma mãe negra saindo de lá com o filho nos braços. E, acreditem, eu morava perto daquele hospital, passava lá em frente quase todos os dias indo e voltando da escola.

Talvez os negros, por sorte, não tivessem problemas

dentários. Nunca os vi na sala de espera dos consultórios. E por falar nesses profissionais, há pouco tempo revi um amigo de infância. Ele me perguntou, durante a conversa, se eu me lembrava da velha italiana, nossa vizinha, que de vez em quando soltava o veneno: "Cosi, *tanti neri in questo mondo e io com mal di denti*".

 Há quem negue o racismo estrutural enraizado em nosso país. A esses falhos de atenção aponto-lhes a frase da italiana, residente no Brasil há muitos anos. A tradução para o português, se for preciso, pode ser feita pelo celular.

GALANTEIOS

Volto das minhas andanças diárias com um sorriso interior acariciando minha alma. Nessas caminhadas, inúmeros animais passam por mim ou eu passo por eles. Cães, gatos, e pássaros são os mais vistos. Insetos aéreos e rastejantes também costumam pintar de vez em quando.

É agradável observar esses bichos. Essa visão, porém, seria até mais inspiradora de paz se não fosse a atitude hostil de alguns cachorros. Como eles são briguentos... Um não pode ver o outro. Latem, ameaçam engalfinhar-se; fazem um tropel danado, mas ainda assim são divertidos.

Em casa, me bate uma vontade de escrever sobre esses animais. Corro o risco, sei, de alguém, ao perder seu tempo e ler meus possíveis escritos, apontar-me como mero imitador ou, pior, reles plagiador. Isso porque é tarefa bem simples enumerar consagrados autores que conseguiram criar maravilhas sobre o tema.

Caso essas feras da literatura ainda estivessem vivas, eu arrumaria um jeito de perguntar a elas se escrever sobre bem-te-vis, corvos, baratas e baleias fazia-lhes bem ao coração, da mesma forma que esse ato pacifica o meu.

Sentimos muito a ausência desses escritores. E o jeito que arrumei para homenageá-los é contar a história de um passarinho.

Não sei a que família de aves ele pertencia. Até preferi não descobrir esse detalhe, pois assim, envolta em mistério a espécie do bichinho, mais atração ele exerceria em mim.

Mais ou menos às 11 horas da manhã ele pousava no topo de um edifício ao lado do meu. Ao vê-lo, eu pegava o binóculo e da janela o observava.

Levantando uma a uma as patinhas, ele balançava o corpo enquanto chacoalhava a cabeça de um lado para o outro. Esse ritual era acompanhado de sons estridentes: trinados, pios e chilreados. Até hoje não sei como classificar a voz do bichinho.

Jamais o vi chegar ou sair acompanhado. Ele executava sua *performance* e depois partia num átimo, dando a entender que sua voz ardida o ajudava a voar.

Dizem os estudiosos que alguns pássaros vivem em casais. Se esse detalhe fosse o caso do meu passarinho, ele devia ser ainda solteiro, separado ou viúvo, porque ele estava sempre só, coitado.

Seria razoável até, em atenção aos especialistas, supor que a dancinha e o canto executados por ele não passassem de um jeito de o danadinho chamar a atenção de uma companheira.

Caso essa exibição se tratasse mesmo de um ritual de amor, o bichinho soube exercer muito bem seus instintos e teve sorte. Sim, porque a partir de certa manhã não vi mais a avezinha aparecer.

Conformei-me, inclusive sentindo-me feliz, porque o passarinho devia ter encontrado uma namorada.

Peço desculpas. Sem qualquer conhecimento sobre aves, tratei meu passarinho com o pronome masculino. Ato irrefletido, pois não é impossível que a avezinha fosse uma fêmea.

A explicação para tamanho deslize é o nosso inato machismo. Desde meninos pensamos que só aos homens compete tomar as grandes iniciativas da vida. Esse comportamento, felizmente, em razão de fortes movimentos sociais, está perdendo força.

Meses depois, lendo no jornal as falsas e ridículas promessas de políticos em véspera de eleição, de novo, surpreso, ouvi um ruído semelhante àquele que fazia meu saudoso pássaro.

Peguei o binóculo e da janela vi a dança e ouvi o canto de um feliz passarinho pousado no local onde o outro ficava. Perdão, melhor dizendo, bem podiam ser dançantes e sonoros galanteios de uma moderna passarinha.

DETALHES

Judite estava desempregada há alguns meses. O salão de beleza onde ela trabalhava como manicure havia fechado por causa das restrições impostas pela pandemia de Covid.

Numa noite, sozinha na sua quitinete, enquanto esvaziava uma garrafa de vinho, ela decidiu rever velhos álbuns de fotografias e recortes de jornais.

Um choro recorrente tomou conta da mulher. O desabafo, contudo, não chegou a transformar-se em som audível, que saísse da garganta dela. Apenas fazia sua barriga tremer depois de profundos suspiros.

Ela abriu mais uma garrafa, aumentou as luzes e passou a examinar as fotos com uma lupa. Punha em prática lições de arte forense que vinha estudando. A polícia abrira concurso para selecionar profissionais dessa área. A moça achava que sabia desenhar bem e assim decidiu fazer um cursinho para ter mais chance de ser aprovada.

Uma das fotos que ela olhava com mais atenção era a de Jurema, sua falecida irmã gêmea. Judite lembrou-se do quanto sofreu ao perder a irmã. Ela havia sido estuprada e morta. O criminoso foi preso, mas conseguiu fugir do presídio e nunca mais foi encontrado.

Ela jamais esquecera a brutalidade com que a irmã havia sido assassinada. O passar do tempo, como sempre faz, embora não tivesse apagado essas lembranças, arrumou um jeito de aos poucos anuviá-las.

Judite guardou as fotos, os recortes e se deitou. Custou-lhe pegar no sono porque ela se lembrava da notável semelhança física que existia entre ela e a irmã. O criminoso, por isso, bem poderia tê-la matado no lugar da irmã. O crime fora premeditado, concluíram as investigações. Assim, se naquela noite, no lugar da irmã, fosse ela quem voltava sozinha para casa...

No cursinho, além de lições teóricas, um jovem professor ministrava aulas práticas. O laboratório da escola era equipado com aparelhos de alta tecnologia. Havia, inclusive, programas de computador capazes de mostrar detalhes minuciosos da compleição das pessoas.

O professor mostrava como as narinas humanas eram diferentes umas das outras. Das orelhas, então, ele dizia que era quase impossível encontrar o idêntico formato repetido. Raríssimas pessoas, ele frisava, possuem um furinho na parte superior das orelhas, chamado fístula pré-auricular. O professor afirmava que todos esses minúsculos detalhes deveriam ser bem observados na hora da elaboração de um retrato falado. Ele enfatizava que era necessário o profissional fazer perguntas às testemunhas e vítimas a respeito de minúcias da face da pessoa retratada.

No final do cursinho, Judite foi aprovada entre os primeiros colocados. Na festiva noite de entrega do certificado, muito aplaudida, ela o recebeu das mãos de um respeitado professor de arte forense.

A turma comemorava o término do curso numa pizzaria. Judite, feliz, olhava no celular as fotos da cerimônia. De repente, dizendo que depois pagaria sua parte na conta, ela despediu-se dos amigos e saiu apressada.

Ao chegar em casa, nervosa, ela abriu com violência a gaveta do armário, pegou de novo os recortes de jornal, examinou-os com cuidado e gritou: "Maldito. Ele mudou um pouco a fisionomia, mas se esqueceu de uns detalhes".

As fotos dos recortes de jornais não deixavam qualquer dúvida. O assassino apresentava o furinho pré-auricular e idêntico formato das orelhas do famoso professor de arte forense, com quem Judite, sorridente e abraçada, havia tirado inúmeras *selfies*.

O INESPERADO

Não costumamos dar a devida atenção sobre o quanto o inesperado, para o bem e para o mal, modifica nossa vida. É uma pena, porque são incontáveis as ocasiões em que sofremos radicais mudanças em razão apenas da aleatoriedade. O grande escritor americano Paul Auster, falecido no final de abril de 2024, sempre tratou com maestria esse instigante assunto.

Muitos amores nasceram em razão da imprevisibilidade. A moça não estava disposta a ir a um baile; o moço, desconhecido dela, também não. O destino quis que eles fossem e o inopinado, com taças de champanhe, os aproximou. A casualidade, nesse caso, agiu instigada por olhares, falas suaves e, sim, por ele, que é um contumaz provocador de acontecimentos inesperados: o álcool na sua função cupido.

Na hipótese do romance iniciado no baile, o imprevisto beneficiou os jovens. Há circunstâncias, porém, nas quais o inesperado, ao contrário, penaliza uma ou várias pessoas. Quando isso acontece, claro, nos deparamos com a fatalidade.

Quantos já morreram caindo em buracos. E os atingidos por raios ou balas perdidas? No último caso, a ocorrência é tão comum no Brasil que até perde um pouco a natureza de inesperada.

O fato casual também, não raro, costuma fazer um povo inteiro chorar e outro sorrir. Não um sorriso explícito, debochado, apenas um ricto amarelo, quase envergonhado.

Uma dessas tragédias já deve ter vindo à memória do leitor. Ela mesma, a inesquecível Copa do Mundo de

1950. Quem esperava que o Uruguai levaria a taça? No Maracanã, o mais famoso estádio do país e um dos símbolos mundiais do futebol, o acaso caprichou bem. Orientou o pé do ponta-direita uruguaio Ghiggia, silenciou a nossa ruidosa torcida e fez o gol da vitória, para a desgraça eterna do goleiro Barbosa e a incredulidade dos brasileiros.

Quando o assunto é política, o acaso tem feito das suas no Brasil. Ah, o que o imprevisto já aprontou num período não muito longo da nossa história daria romances com temática de tragédias e revoltas.

Da mesma forma como alguns sustentam que a Terra é plana e outras tolices, há quem até hoje não crê no suicídio de Getúlio Vargas. No entanto, a morte advinda do aleatório fato levou à presidência do país o vice-presidente Café Filho, que, dizem, não era bem-visto pelo falecido são-borjense.

Tempos depois, o inclassificável presidente Jânio Quadros teve alucinações, culpou pressão de forças ocultas e renunciou ao mandato. E lá veio o inopinado colocando João Goulart no comando do país, tendo ao seu lado a bela primeira-dama dona Maria Thereza, a qual até inspirou Juca Chaves a compor uma canção de cunho político e social.

Outros presidentes brasileiros na história mais recente do país também foram defenestrados pelo imponderável. Creio ser desnecessário falar deles porque me lembrei de fatos mais importantes. O inesperado também inúmeras vezes agiu em benefício da humanidade.

O cientista Alexander Fleming estudava o comportamento das bactérias. Curioso, notou que um fungo crescia entre elas. Ele percebeu, então, que esse fungo raro, chamado *Penicillium chrysogenum*, impedia a reprodução das bactérias. Em decorrência do fortuito, ele criou a penicilina, cujo uso causou positiva revolução no tratamento de infecções. Maravilha, quantas pessoas deixaram de morrer em decorrência do acaso.

    E um outro ser que também agonizava veio a ser salvo pelo aleatório. O Viagra havia sido fabricado como um remédio para o coração. Entretanto, alguns homens após testarem a substância, felizes, notaram que outro órgão do corpo deles levantava-se, imponente, rejuvenescido pela droga. Heureca!

O ÚLTIMO DIA

Jovens costumam não estar nem aí para o assunto. No entanto, depois que acumulamos várias décadas de existência pesando nas costas, aos poucos somos fisgados pelo tema. A matéria, então, começa a dar as caras cada vez com mais frequência. Sim, é sobre ele que me refiro, e não há como evitá-lo, todos nós passaremos pelo último dia de vida.

Logo, enquanto estamos sadios, sem as mazelas das doenças incapacitantes, nada mais sábio do que viver o dia presente com intensidade, obedecendo assim a máximas de livros de autoajuda. E fiquemos atentos. Apesar de não ser a regra, aquela mulher sinistra de capa preta e carregando a foice de vez em quando, sem aviso prévio, escolhe pessoas fortes, sacudidas, para cancelar a passagem delas por este mundo.

A não ser os suicidas adrede decididos (os que resolvem se matar de repente ficam de fora) e os condenados à morte, ninguém sabe qual será o dia do seu fim.

Algumas pessoas não conhecem o dia certo, mas anteveem que eles já estão contados. Isso se aplica aos doentes desenganados, aos que vivem no mundo do crime — esta última afirmação aqui no Brasil não se aplica aos bandidos de colarinho branco —, aos adeptos de desafios perigosos, como enfiar-se num barril de madeira e saltar nas águas das cataratas do Niágara, e por aí afora. No passado, em nome da dignidade, também os protagonistas de duelos sabiam que o dia aprazado para a lavagem da honra poderia ser o seu último.

Em situações normais, as pessoas desejam ficar longe

do derradeiro suspiro. Todavia, há exceções. Noticiou-se que o ator Alain Delon, já eleito o homem mais bonito do mundo, havia ido para a Suíça com o intuito de lá escolher o dia para bater as botas. É claro que ele não pensou em se afogar no Lago Léman. Muito menos em tomar um copo de veneno. Médicos e psicólogos conduzirão a eutanásia que o mandará para o plano desconhecido sem qualquer dor física. Jean Luc Godard também decidiu, com o auxílio de profissionais, dar adeus a este mundo. Na Suíça, claro, em 13.9.22, ele abotoou o paletó.

Como seria a última noite de *monsieur* Delon? No mundo do cinema não faltaria um roteirista amigo para homenageá-lo com uma bela e alegre despedida. Talvez o ator quisesse reunir várias garotas para juntos assistirem ao filme *O Sol por Testemunha*. Depois, envaidecido com a beleza física que possuía quando protagonizou a obra, e percebendo ainda despertar suspiros nas moças, quem sabe pedisse escargot e champanhe e, entre risos, músicas, perfumes e gritinhos celebrasse seu fim *comme il faut*.

Calma, não me esqueci, também há aqueles que nem sequer têm onde cair mortos.

A vida é assim. Uns nascem talentosos e bonitos, viram astros, ficam ricos e ostentam bom gosto até na escolha da hora de morrer. Outros, levam a vida sem agruras financeiras e preferem, deitados em camas luxuosas, ou em caríssimos leitos de hospital, esperar a morte dar sua cara do jeito que ela entende ser o apropriado.

Sabemos — e não existe regime político, religioso ou social capaz de desmentir a assertiva — que tais cenários de morte são reservados apenas a algumas pessoas, embora o fim as trate da mesma forma, não permitindo a ninguém levar nada consigo para o céu ou o inferno.

Não é dotada de qualquer sentido a afirmação que muitos fazem de que a vida é curta. Mais correto seria dizer que a encurtamos ao desprezar boa parte dela. Fiquemos cientes, também, de que é impossível pedir a restituição dos dias perdidos, gastos sem qualquer propósito.

A tristeza maior é saber que muitos desperdiçam anos de vida não por desejarem esse desatino, mas sim porque o Alzheimer os transformou em mortos vivos.

KONDOME

É bem provável que a mulher estivesse fazendo uma das suas tarefas mais gratificantes: arrumar as malas para uma viagem de férias.

Ela seguia as orientações da sua terapeuta e cantarolava uma canção alegre enquanto escolhia roupas, sapatos, essas coisas. A psicóloga havia lhe dito que dessa forma, cantando, ela iria sentir-se como se estivesse antecipando as alegrias da viagem.

Sobre a cama ela punha vários *shorts*, biquínis e outras roupas confortáveis. O calor das praias caribenhas a esperava.

Após separar o vestuário, ela subiu numa cadeira e tirou da parte superior do armário as malas com as quais já havia feito inúmeras viagens.

No interior de uma delas havia duas folhas impressas. Em uma, a mulher relacionara tudo que pudesse necessitar para uma viagem de verão; na outra, o imprescindível numa temporada invernal.

Com a folha na mão, ela começou a ticar os itens que comporiam sua bagagem. De repente, algo a fez entristecer-se e seu semblante mudou. Ela já estava quase esquecida de que, por ser alérgica às pílulas, na relação dos objetos de higiene e saúde constava a palavra *kondome*.

E por qual motivo ela teria escrito camisinhas em alemão, língua que o marido desconhecia? A resposta: porque ela estava certa de que ele ficaria magoado se por acaso visse na lista o preservativo escrito em português. Magoado? Por qual razão? Claro que ela sabia a causa: o marido há muito tempo não fazia sexo com ela.

A mulher o amava. Contudo, já havia notado que o marido, dentre outras circunstâncias, não se sentia bem quando, juntos, viam cenas de intimidades entre casais na televisão.

A sensibilidade feminina dizia-lhe que o marido não se apaixonara por outra pessoa. O instinto também não lhe retirava a certeza de que ele, sem envolvimento amoroso, saía com mulheres.

Que grandiosa era a complacência dessa esposa. Ela receava que o marido estivesse sofrendo, porque via nos olhos dele amargura e culpa por ter deixado de interessar-se sexualmente por ela.

Assim, se ele descobrisse que ela pretendia levar camisinhas na viagem, iria imaginar o óbvio: a mulher ainda nutria esperança de voltar a transar com ele.

Jovens, e casados apenas há alguns anos, não foram então a longa convivência e a rotina matrimonial as causadoras desse desinteresse.

Ela sabia que a libido pode minguar em razão de ansiedade, estresse, cansaço e doenças. Porém, acreditava que nada disso causava o desinteresse sexual do esposo.

Ele continuava sendo o homem calmo e bem-humorado que ela conhecera. As briguinhas que ocorriam eram comuns entre casais. Eles estavam bem de finanças e nutriam carinhos recíprocos. Havia respeito e afeto mútuos. Ele não reclamava de dores e mantinha ótima saúde. O marido, sem qualquer motivo aparente, apenas não queria mais fazer sexo com ela.

Depois de muita terapia, crises de choro e cansada de

procurar um motivo para a conduta do marido, a mulher concluiu que não pretendia divorciar-se. Embora sem sexo, ela levava uma vida boa. Moravam numa confortável casa, cada um possuía um carro, recebiam amigos e viajavam muito.

"Por que abandonar tudo isso?", ela pensou, enquanto nervosa riscava a palavra *kondome* da lista de viagem. Em seguida, um longo suspiro livrou-a da inquietude. Ela fechou os olhos, sorriu por dentro, mordeu os lábios e lembrou-se do olhar penetrante, da simpatia e das doces palavras do seu novo colega de trabalho.

QUARTOS

Alguns até fingem, a exemplo dos políticos, mas, no fundo, ninguém gosta de ser contrariado em suas opiniões. No entanto, é saudável respeitar ideias diferentes das nossas, porque em boa parte da vida nos comunicamos dessa forma.

Na própria residência, por exemplo, os familiares por variadas razões têm lá suas predileções sobre o cômodo que mais lhes agrada. Esse fato não raro gera discordância entre os moradores.

A cozinha, para algumas donas de casa, é apenas o local onde elas passam bom tempo do seu dia preparando comida. Mesmo num sofisticado ambiente, nem sempre é o espaço que elas mais gostam. Quando a fumaça começa a maltratar seus cabelos, na hora vem à cabeça delas o pensamento: "Já, já vou sair daqui e tomar uma ducha e me perfumar". Fica claro, assim, que essas mulheres, por necessidade, apenas suportam ficar por algum tempo na cozinha.

A noite chega. As poltronas, o sossego, os filmes e o sonolento cachorro sobre o tapete fazem a sala ganhar, por algum tempo, protagonismo sobre as demais dependências da casa.

Com a pandemia de Covid, outro local surgiu disputando espaço com as divisões tradicionais: o lugar onde se executava o *home-office*. Horas eram passadas num canto ou numa saleta diante de um computador. É difícil imaginar que alguém, a não ser um *workaholic*, elegesse tal acanhado ambiente como o favorito em sua residência.

Na escolha por determinado cômodo, porém, é comum

o quarto levar boa vantagem sobre os demais ambientes da moradia.

Apenas há pouco tempo ele deixou de ser o local onde as pessoas, dentre outros usos, além de dormir, como regra, nasciam. Partos domésticos ainda existem por vários motivos, dos quais destaca-se o respeito a tradições. Mas não é incomum, sabemos, o sofrimento causado às mães pobres e aos bebês, em decorrência da omissão de governantes desidiosos na oferta de maternidades públicas gratuitas.

Quarto reveste-se da ideia de descanso, sono e sonhos, embora haja gente que prefira sonhar acordado em lugares nada semelhantes a quartos. Quando endinheirados fazem reservas em *resorts* e hotéis de luxo, cada unidade de acomodação, possuindo várias divisões, é chamada apenas de quarto, *room*, *chambre*.

Um pormenor vem ameaçando um pouco a nobreza dos quartos. Neles, sobre uma cama, consumava-se o ato prazeroso e indispensável ao surgimento de outros seres humanos. De uns tempos para cá, entretanto, a ciência, sem dar bola para os quartos, vem criando diversas formas de povoar o mundo. Por enquanto, ainda com a junção das células reprodutoras humanas. Mas não sabemos onde isso vai parar.

Para os filhos pequenos, a preferência pelo quarto não começa cedo. Nada é mais agradável para eles do que correr e brincar na casa inteira. Para tristeza das crianças, todavia, depois de alguns anos elas começam a ver o quarto como um local de castigo. Sim, após uma travessura é comum a mãe gritar às crianças: "Já pro seu quarto"!

Falar sobre o favoritismo de um determinado cômodo da casa é tarefa lúdica. Alargando o tema, contudo, algo vergonhoso deve ser exposto sobre a realidade habitacional brasileira. Aqui, milhares de pessoas não têm um teto. Possuem apenas calçadas nas ruas, onde esperam, sentadas ou deitadas, um prato de comida.

Acredito que, se lhes fosse dada a oportunidade de escolher um cômodo numa casa, o quarto seria o preferido. Na maciez de uma cama, os sonhos deles teriam mais carinhos e menos pontapés.

RETALIAÇÃO

Tosinho, filho do falecido seu Matoso, não teve a infância e a adolescência despreocupadas, como essas fases da vida devem ser.

A mãe do menino, quando ele era ainda bem novo, levou-o a um médico. O profissional estudou o caso e aconselhou a mãe da criança, viúva do seu Tosão, como seu Matoso era conhecido, a não contar ao filho que seu pai, um homem de esquerda, fora assassinado a facadas por um fascista. Melhor seria, afirmou o doutor, dizer ao menino que seu pai havia morrido durante um assalto. "Veja, não vai fazer bem à saúde mental do garoto, por enquanto, saber a verdade. A senhora trouxe o menino aqui porque ele vive triste e pensativo. Esse comportamento só tende a piorar se ele descobrir agora como foi que seu pai morreu. O menino pode até desenvolver sentimentos de ódio e vingança", o médico explicou à mulher.

Acreditar que a criança não soubesse o verdadeiro motivo da trágica morte do pai demonstrava desatualização do médico. Em uma cidade interiorana é quase impossível esconder de alguém esse tipo de acontecimento. O menino, embora dissimulasse e não tocasse no assunto, já crescera conhecendo a história do assassinato do pai e possuído por sentimento de vingança e ódio.

No último ano do ensino médio, Tosinho, não se sabe como, descobriu que uma colega de classe, mocinha calada e triste, vinda transferida de uma escola de outra cidade, era filha do fascista que assassinara o pai do garoto.

Na festa de formatura, vencendo seu acanhamento, Tosinho se aproximou da moça:

— Desculpe perguntar, estão dizendo que você vai sair de casa amanhã cedo para trabalhar em São Paulo. É verdade isso?

— É, sim — disse a moça com um sorrisinho tímido e olhando para o chão.

— Legal, eu também tô a fim. Posso ir com você? Não vou incomodar.

Eles embarcaram na noite do dia seguinte. A monotonia da paisagem e o friozinho do interior do ônibus contribuíram para que a moça adormecesse com a cabeça apoiada no ombro do moço.

Este, porém, manteve-se bem desperto, lembrando-se da grande desigualdade de motivos pelos quais eles viajavam para São Paulo: ele havia economizado dinheiro para assistir ao show de uma banda; a moça iria morar numa pensão e procurar emprego.

Depois de dormir algum tempo, a garota acordou assustada porque o rapaz lhe passava a mão nas pernas. Ela olhou o moço de um jeito estranho, levantou-se e foi ao banheiro.

Era madrugada. Todos os outros passageiros dormiam. Tosinho valeu-se da ausência de testemunhas e, para espanto da moça, entrou com ela no banheiro.

Antes de atacar a jovem, o rapaz disse-lhe baixinho que estava viajando não só para assistir ao *show* da banda. Ele afirmou que gostava mais de ver as moças do *backing* vocal, rebolando com aquelas sainhas curtas e sensuais. Acrescentou que após o espetáculo iria cair no mundo.

O jovem aproveitou para fugir quando o motorista estacionou o ônibus num restaurante da estrada para um café.

Mais tarde, uma das passageiras ao entrar no banheiro do ônibus assustou-se. Havia um corpo nu caído no chão.

O motorista parou o veículo no acostamento ao ouvir os gritos da mulher.

A moça estava deitada de costas, e todos viram que ela, pelo menos biologicamente, era homem. Alguns se afastaram horrorizados com a cena: o sangue se empoçava depois de circundar e tingir de vermelho o pênis da vítima.

DESPOTISMO

Era uma cidadezinha rodeada de morros, onde habitavam duas famílias poderosas e o resto, isto é, o povo. Essas famílias importantes se comportavam como inimigas apenas na aparência, no aspecto público. No âmbito particular eram cúmplices. O motivo dessa farsa — a manutenção do poder — nunca fora questionado pelos habitantes da cidade, que viviam subjugados pelas despóticas famílias.

Os dois clãs se apresentavam como adeptos de ideologias políticas adversas: um sendo de direita e o outro de esquerda. A direção da emissora de rádio e do jornal era alternada entre as famílias. Quando uma delas detinha esses meios de comunicação enxovalhava a adversária, que aguardava a vez de ofender a suposta inimiga.

Nas eleições fraudadas os opositores não passavam de meros figurantes, porque os eleitos pertenciam a uma ou a outra família. Por isso, as leis municipais eram aquelas que saíam da cabeça dos chefes das famílias. À população restava apenas obedecê-los.

Leis federais e estaduais só eram respeitadas caso beneficiassem as famílias. Os juízes, promotores e delegados que passavam por lá, diante da situação política da cidade, e com temor de serem assassinados, fato que já ocorrera no passado, evitavam contrariar os interesses das famílias e logo se transferiam para comarcas bem distantes.

Os cidadãos sabiam que embora tudo decorresse de encenação, os problemas econômicos e financeiros eram tratados com mais rapidez quando a ilusória família de direita estava à frente. Assuntos de fundo social e de saúde pública recebiam tratamento prioritário com a cidade nas mãos da hipotética família esquerdista. De qualquer forma, tais resoluções nunca contrariavam os interesses dos dois chefões.

O cruel exercício do poder também cansava os donos da cidade. Por esse motivo, com o dinheiro arrecadado do povo os déspotas construíram um lugar de relaxamento para eles e seus apaniguados — um luxuoso bordel no alto de uma colina.

Numa noite, enquanto o pianista alternava seu repertório entre tangos, boleros e valsas, dois rapazes — filhos de uma e de outra dominante família — conversavam animadamente.

Os dois emudeceram quando viram no salão uma linda garota novata. Arrogantes, acharam normal pedir a ela que satisfizesse os lascivos desejos dos dois, juntos, todas as noites.

Na hora ela conseguiu segurar o vômito. Mas, nos encontros seguintes — não se sabe como —, comportou-se de forma a fazer com que os dois se apaixonassem por ela.

E não é que a garota conseguiu? Ao ter certeza de que havia conquistado os moços, ela encontrou um jeito de a notícia chegar aos ouvidos das esposas deles.

Enciumadas, sem pensar no resultado da crueldade que imaginaram, a atitude das mulheres culminou com o fim do despotismo na cidade: as esposas traídas obrigaram um morador a sequestrar e prender a garota numa fazenda.

O homem, impelido com violência a cumprir a tirânica ordem, lembrou-se da moça quando ela era bem jovem. A menina saíra da cidade há muitos anos, após seu pai ter se matado porque uma das famílias poderosas havia tomado posse das terras dele.

A notícia do sequestro chegou ao conhecimento do povo. Aos gritos, e armados com enxadas e foices, os cidadãos obrigaram o prefeito, seu vice e todos os vereadores a renunciar aos mandatos e a desaparecer da cidade.

Novas eleições foram realizadas. O povo, liberto do despotismo, jamais havia visto na cidade festa como a que ocorreu numa radiante manhã de domingo. Felizes, os cidadãos elegeram prefeita a moça que havia se prostituído para destronar os tiranos.

CUIDADORAS

É fato notório. Nas famílias pobres, quando alguém adoece e precisa de cuidados especiais, parentes e amigos revezam-se entre si e desempenham esse serviço de graça, visando apenas aliviar o sofrimento do enfermo.

No entanto, há pessoas magnânimas, como regra mulheres, que por necessidade fazem desse árduo trabalho uma nobre, porém mal remunerada e pouco reconhecida profissão.

Elas pegam ônibus, trem, metrô e outros tipos de condução para chegar à casa do doente na hora certa. Essas mulheres fazem tudo para não descumprir o horário. São pontuais para honrar o compromisso assumido com a família da pessoa enferma e, além disso, substituir a pessoa que estava trabalhando no período anterior.

Inúmeras vezes não é comum haver retaguarda médica disponível numa situação de urgência. Por esse motivo, confiantes na longa prática, as cuidadoras são bem seguras das iniciativas prementes que tomam.

A depender do maior poder aquisitivo dos familiares do doente e do estado de saúde deste, na mesma residência pode haver duas mulheres trabalhando como cuidadoras. Nesses casos, durante o sono do acamado, elas costumam conversar sobre os filhos, o marido, o custo de vida, a violência das cidades, os sonhos e as esperanças.

Elas são suaves, duras e determinadas ao mesmo tempo. Essas mulheres bem merecem receber grande respeito profissional.

As cuidadoras, em sua maioria, não são enfermeiras técnicas, formadas. Estas preferem trabalhar em hospitais. Todavia, as cuidadoras são aquelas que dão banho nos doentes, alimentam-nos e fazem a higiene dos mais necessitados, sem contar outros pequenos zelos e mimos.

Nem todos os pacientes estão impossibilitados de sair da cama, fazer passeios e viagens. Assim, outro aspecto importante do trabalho das cuidadoras é que elas passam a ser companheiras dos doentes.

Elas, não raro, levam em cadeiras de rodas as pessoas enfermas ao cinema, ao shopping, riem e se emocionam com elas diante da TV. Elas agem dessa forma, prazerosamente, porque é comum que essas atividades divertidas, por motivos variados, deixem de ser viabilizadas por familiares dos doentes.

Faz parte do mister das cuidadoras a obediência aos conselhos dos médicos que tratam os pacientes. É verdade, contudo, que elas possuem seus jeitinhos próprios de atenção, adquiridos por muitos anos de trabalho.

A cuidadora é orgulhosa do seu espírito cheio de criatividade e iniciativas. Conhecendo as deficiências dos doentes, ela jamais age de forma arriscada, passível de agravar a saúde deles.

E há também — e aí o trabalho dessas mulheres é redobrado — doentes que perderam a lucidez, porque foram atacados, por exemplo, pelo Alzheimer. Nesses casos, a cuidadora tem às mãos uma pessoa viva fisicamente, embora morta em seu intelecto, em sua memória.

Olhando para um quadro triste de doença como esse, é fácil perceber a mulher mais vocacionada para exercer trabalho tão doloroso.

Ela trata o doente como se fosse seu filho recém-nascido. Conversa com ele sabendo que não vai obter resposta. Banha-o, passa-lhe perfume, cobre-o com cuidado e o olha com carinho. Na hora da comida, capricha nos bocados com os quais alimenta o enfermo, como faria com seu próprio bebê.

As cuidadoras, de maneira geral, são mulheres de famílias simples e pobres. São carentes apenas de recursos materiais, porque a alma delas esbanja riqueza de abnegação, altruísmo e amor.

CACHORRADAS

A noite fria e nublada não estava de jeito nenhum convidativa para uma cerveja no bar. O homem, no entanto, sentia-se tão feliz que nem deve ter reparado no mau tempo antes de sair de casa.

Acomodou-se despreocupado numa mesa da parte externa do bar. Livre de qualquer culpa ou arrependimento, ele terminou a primeira cerveja e pediu outra, acompanhada de uma porção de salaminho.

Ele sorria por dentro ao pensar na viagem que planejava. O síndico do seu condomínio havia sido condenado a pagar-lhe uma indenização que daria para cobrir todas as despesas. O advogado já o avisara que a quantia seria depositada em poucos dias. A soma não era lá grande coisa, apenas o suficiente para ele passar uns dias com a família numa praia do Nordeste.

Ao voltar do banheiro claudicando em razão de pequena deformidade no pé, causada por um acidente de moto, ele pediu mais uma cerveja. Dois rapazes, com traços indígenas e falando espanhol, haviam ocupado uma mesa ao lado da sua. Embaixo da mesa dos moços um cão escarrapachado dormia de barriga para baixo.

"Hum, pela conversa são jovens médicos bolivianos que fazem residência no hospital aqui em frente", ele deduziu, porque era comum vê-los nos bares e lanchonetes da região com o estetoscópio pendurado no pescoço.

O rabo do cão adormecido de vez em quando roçava o pé acidentado do homem, àquela altura já bem alto pelo efeito da bebida.

Sem que os moços percebessem, o homem comprimiu

o rabo do animal com a bengala. O cão soltou um doloroso latido e logo voltou a dormir. O garçom, irritado, se aproximou da mesa dos jovens e disse-lhes:

— O dono não deixa entrar com cachorro aqui. Os bichos incomodam a freguesia.

— Desculpe, ele é bem manso. Não vai morder ninguém — justificou-se um dos jovens.

— Tá bom, tá bom... Se ele latir de novo vocês precisam ir embora. Se eu deixar, o dono cai em cima de mim.

Minutos depois, ao notar que os médicos conversavam animadamente, o homem deu uma bengalada mais forte no rabo do cão. Com a dor, o animal latiu várias vezes bem alto e começou a pular de um lado para o outro.

Não foi o garçom, dessa vez, que se aproximou dos rapazes, mas sim o dono do bar.

— Por favor, paguem a conta e vão embora.

— Não sei o que está se passando. O cachorro nunca late assim — indignado desculpou-se o outro rapaz.

Tomando as dores dos médicos, o homem levantou-se e disse em voz alta ao dono do bar:

— Isso é um absurdo. Onde já se viu? Os moços aqui são médicos. Eles atendem os pacientes de graça aí no pronto-socorro. Que culpa eles têm se o cachorro estava dormindo e latiu porque teve um pesadelo.

— Pesadelo? — gritou furioso o dono do bar. — Pesadelo vai ter você quando cair no chão com o soco que vou dar na sua cara, seu aleijado. Você só arruma confusão quando vem aqui, seu perneta.

— Vocês escutaram as ofensas graves que ele me fez? —

perguntou o homem aos médicos. — Isso vai dar processo, ah se vai... Vou pedir indenização. Vocês vão ser minhas testemunhas.

Após dizer isso, o homem pagou a conta, pegou sua bengala e deixou o bar pensando: "Ah, filhos da puta, por bem menos consegui fazer o idiota do síndico me ofender e depois me indenizar. Em casa vou combinar com a patroa outra viagem. Talvez a grana dessa vez dê para ir a Miami ou Bariloche".

O LUTHIER

Necrológios, em síntese, são microbiografias de quem, como regra não querendo, já deu o último suspiro.

Os autores dessas homenagens fúnebres capricham na escolha de palavras que enaltecem o bom caráter do finado. Também elaboram frases cuidadosas exaltando o notável contato mantido pelo morto com uma ou várias atividades.

Os necrológios nos fazem conhecer, por exemplo, aspectos da vida de destacados artistas, que parecem ter nascido já sabendo tocar piano, cantar, escrever, atuar etc.

Após a minha partida, a qual espero esteja ainda bem longe, tomara que um dos meus amigos não desperdice seu tempo pensando em escrever meu necrológio. Os pendores que eu possuí no máximo dariam um obituário sem graça. Interesses clássicos, desses inspiradores de homenagens póstumas, nunca me agradaram. Passei a vida toda apreciando a labuta de trabalhadores simples, como pedreiros, mecânicos e carpinteiros. Sempre gostei também de bater papo com vendedores de bilhetes de loteria, grandes matreiros.

O profissional que eu mais admirei, contudo, foi um *luthier*. Naquela época distante, claro, eu não sabia o nome desse até então, para mim, desconhecido ofício. Eu me referia a ele como "o homem que faz e conserta instrumentos musicais".

Num barracão de fundo de quintal, ele fabricava e consertava violões, violas e até guitarras elétricas. Às vezes aparecia alguém carregando nas costas um enorme contrabaixo acústico quebrado. Combinado o preço do serviço, alguns dias depois, pronto para uso, o instrumento era devolvido ao dono.

Dava até para notar a felicidade do músico quando o *luthier* tirava o instrumento da capa e explicava-lhe como o trabalho havia sido feito e a dificuldade que o reparo exigira. O semblante do contrabaixista apenas entristecia-se durante o preenchimento do cheque para pagar o serviço.

Hoje entendo que eu incomodava o profissional. Ele jamais me maltratou, mas demorava para responder às perguntas que eu lhe dirigia com frequência. Isso me obrigava a refazer a indagação, e só depois de duas ou três tentativas o homem esclarecia minhas dúvidas.

Eu via como mágicas aquelas fôrmas curvas onde ele com calma introduzia as lâminas de madeira para moldar o corpo dos instrumentos acústicos. Os olhos dele enchiam-se de satisfação quando ele entortava as lâminas sem quebrá-las.

E as ferramentas de luteria? Plainas, formões, serras, limas eram objetos constantes das minhas perguntas. Ao ver o profissional pegar uma delas, curioso eu prestava atenção ao jeito como ele a usava. Depois, instigava-me o cuidado com o qual o homem a punha de volta num grande armário metálico.

O passar do tempo fez das suas e aos poucos deixei de ter notícias do *luthier*. Porém, jamais me esqueci do dia em que ele, segurando um violão, me disse: "Menino, eu fabrico essas belezas, mas nunca aprendi a tocar nenhum instrumento". Sem querer, com essas palavras o homem me ensinou que nascemos dotados de certa aptidão, e só a nós cabe descobrir qual ela é.

Nunca soube por qual motivo não me dediquei a nenhuma dessas profissões que eu tanto admirava. Até hoje, quando vejo um pedreiro, um mecânico ou um carpinteiro trabalhando, encho-me de suaves lembranças. Ao chegar em casa, emocionado, desfruto-as ainda mais ouvindo músicas suaves.

Um sentimento estranho me invade em seguida. Lembro-me, então, do *luthier* e penso que jamais pedi para ele me ensinar o seu ofício, ou melhor, a sua arte, a sua aptidão, porque cada um nasce com a sua.

A minha até hoje não consegui descobrir. Por isso, mantenho-me vivo e atento procuro meu dom sem jamais perder a esperança de descobri-lo.

O PORTA-LÁPIS

Há muitos anos ele não sai de cima da mesa do meu escritório. É um objeto simples, sem atrativos estéticos: um porta-lápis de madeira em forma de copo. Não passa de um escavado cone de pinho com a ponta fina virada para baixo, deixando a parte mais larga e aberta no alto, apta a receber lápis, função para a qual foi concebido e nomeado.

Outro dia, ao limpá-lo, tirar a poeira que se acumulara dentro dele, encontrei uma chave. Hum, chaves são objetos inspiradores de mistérios porque fecham e abrem baús e gavetas. Abrem também armários. Mas estes há quem titubeie antes de revelar aquilo que, não raro por décadas, é mantido escondidinho no interior desses móveis. Não devemos nos esquecer, porém, que deixar coisas fechadas em armários por muito tempo, sem ventilá-las, não é recomendável por causa do mofo.

Essa chave, ao que tudo indica, pertencia a algum antigo móvel. Porém, não é por isso que vou me desfazer dela, não. Pretendo mantê-la dentro do porta-lápis, agora já bem limpo e arejado.

É bom saber que sobre minha mesa, sem ser vista, existe uma chave. Ela, diante de cerrados problemas que a vida nos traz, bem pode servir para abri-los, desde que usada como uma imaginária chave mestra mantida sempre ao meu alcance.

Esse porta-lápis é envolto em várias curiosidades. Uma delas é que ele nunca portou lápis nenhum. Dentro dele, além da misteriosa chave, apenas foram introduzidas canetas, espátulas, lixas de unha etc.

Outra singularidade é que esse objeto, secundário em

relação às mesas onde ele sempre repousou, até hoje não foi descartado, ao contrário das mesas de madeira ou de metal, já recicladas, assim espero.

Não existe qualquer paradoxo nesse fato. Mesas são objetos principais comparadas a um singelo porta-lápis. Contudo, elas foram sendo substituídas em razão de mudanças, novas decorações ou outro motivo, sem que isso me causasse qualquer sentimento de perda. Agora, o porta-lápis, um mero artefato de madeira, mantive-o com carinho sobre as mesas, tanto aquelas desaparecidas com o passar do tempo, como a que uso hoje em dia.

Não excluo a hipótese de que meu comportamento cioso com relação ao utensílio tenha sido determinado por uma causa nobre. Um movimento que deveria unir todos os países sem distinção de ideologias políticas.

Refiro-me à luta pela preservação da natureza, que deve ter caráter constante e universal. Se o mundo não acordar rapidamente para isso, logo, logo não haverá mundo onde se possa acordar.

Um porta-lápis bem pode ser feito de um material simples, descartável. No entanto, o meu, e outros milhões que existem por aí, foram tirados de um pedaço de araucária, aquele pinheiro lindo semelhante a um guarda-chuva aberto, erguido com imponência como se vigiasse as matas.

Vai saber há quantos séculos, por conta própria ou a serviço de uma empresa, pessoas vêm abatendo milhões de árvores, apenas para transformá-las em porta-lápis, caixotes para acomodar bananas e até em tocos usados como carvão de churrasqueira.

Disse linhas acima que meu porta-lápis nunca foi usado para acomodar lápis. Ele sempre serviu para guardar, dentre outros objetos, incontáveis canetas.

Com algumas, risquei inúmeros textos que eu nunca deveria ter escrito. Com outras, escrevi bilhetes, cartas e recados. Muitos de tristeza, angústia e ansiedade. A maioria deles, entretanto, de alegria e gratidão. Sem contar os de amor, que sempre foram os mais inspirados.

LUTO

Não é fácil lidar com temas ásperos, a exemplo de doença e morte. Um sábio, como Tolstói, porém, de maneira primorosa soube driblar essa dificuldade. No livro *A Morte de Ivan Ilitch*, ele discorre com maestria sobre o assunto. A obra é uma reflexão profunda sobre o sofrimento causado por uma doença ao próprio enfermo e aos seus familiares.

O narrador onisciente descreve com minúcias a dor física e mental do protagonista, além de escancarar a hipocrisia nas relações humanas.

De uma simples dor abdominal, a doença vai se agravando até chegar ao ponto de impedir o doente de locomover-se.

Acamado, ele começa a imaginar que sempre esteve cercado de mentiras. O pouco de consolo que recebe é oferecido pela companhia do jovem filho e de um criado, pessoas as quais, no entender do moribundo, nunca o enganariam.

Morte é questão dura de ser tratada. Assunto envolto em crendices e medos, supera, em decorrência da sua dificuldade de aceitação, outra matéria, oposta ao fim da vida, também cheia de provações: o nascimento e o futuro de um bebê.

A criança, antes de atingir alguns anos de idade, não tem completa noção da morte. Aos poucos, porém, a existência do fim da vida desponta em sua cabeça. Morre o cachorro da família. A mãe consola o filho ou a filha prometendo-lhes arrumar outro. Na mente do menino ou da menina, contudo, baila aquela indagação: "Para onde foi o cachorro"?

A vida segue cheia de esperança para eles. Um dia, no entanto, os menores assustam-se com a notícia da morte do vizinho, que há meses eles não viam. Tempos depois morre o avô deles. Aí, o choro da avó, da mãe, dos tios e dos primos, na forma de um trágico e inesquecível aviso, fala para as crianças: "Estão vendo? A gente também morre".

Aquelas crianças, agora um pouco mais crescidas, descobrem então o amargor do luto e o quanto de tristeza ele causa. O luto lembra-lhes uma cirandinha que se dança sem alegria, com um refrão repetitivo, pachorrento.

Sentados no banco de uma praça, idosos recordam-se de momentos vividos na companhia de pessoas falecidas há muito tempo. Mas — caprichos da longevidade —, talvez por temerem o próprio fim, eles imaginam-se sobreviventes, rejuvenescidos, e inventam mil maneiras para driblar, sem sucesso, o luto que teima em não os abandonar.

O luto, é natural, tem intensidade variada. A graduação é medida de acordo com a importância e o liame afetivo que as pessoas enlutadas mantinham com quem partiu.

O professor e a aluna, o chefe e a secretária, esses amores tão fortes, ardentes e não raro clandestinos, podem terminar pela morte de um dos amantes.

Uma agonia imensa invade a alma daquele que perdeu o seu amor. A porta da quitinete onde eles se encontravam logo se abrirá de novo, agora para que a pessoa enlutada de lá retire livros, lembrancinhas e outros objetos, testemunhas de alegria, afagos, beijos e carícias.

O luto também assombra os casais nada secretos.

Aqueles que vão ao cinema, ao teatro juntos e recebem amigos em casa. Nessas hipóteses, para quem perdeu a companhia restarão apenas uma inesquecível voz e uma perfumada saudade.

Tolstói, ao descrever a evolução da doença e a morte, nos lembra da importância de viver plenamente, entendendo a finitude como parte inevitável da condição humana. Esperemos que não demore a surgir outra cabeça iluminada, capaz de exercer a árdua tarefa de nos ensinar como assumir a amargura do luto de um jeito mais resignado e sereno.

CABEÇA DE JUIZ

O advogado passou-me uma lista de condutas que eu deveria obedecer na audiência. Dentre elas, enfatizou a seguinte:

— Terno e gravata fazem o atual juiz abrir mais os olhos. O homem é conservador, meu querido. Não vai olhar torto para você como faz com pessoas que aparecem de roupas esportivas.

— Ah, tenho alguns ternos, mas depois que mudei de profissão perdi o hábito de usá-los — esclareci.

— Eu entendo, meu querido — disse o advogado. — Porém, uma boa defesa jurídica começa com esses pequenos detalhes — ele acrescentou. — É importante criar um clima de cordialidade durante a audiência. Como eu conheço esse juiz, sei que ele se incomoda muito com o traje das pessoas.

Há anos eu não usava terno. Já havia me acostumado com calças jeans e camisas escuras, e nunca me senti inferiorizado ou inconveniente por causa disso. Todavia, diante da orientação do advogado, abri o armário onde guardava meus ternos e coloquei-os sobre a cama.

Não me surpreendi com a constatação. A vida, sabemos, aos poucos não só nos deixa barrigudos, como também nos torna encurvados. Dei-me conta também de que algo muito errado eu andei fazendo nesses anos distante dos ternos.

Experimentei todas as calças. Que coisa... Nenhuma me servia mais. No mínimo, e isso não com pitadas, e sim com quilos de boa vontade, em cada uma delas faltavam quinze centímetros de tecido na cintura para que pudesse rodear minha barriga.

Paciência, pus as calças em cima da cama e parti para o outro já esperado desgosto, que seria provar os paletós. Ainda bem que eu estava sozinho no quarto. Sorte, porque se alguém me visse enfiado em um dos paletós poderia cair duro, abatido por uma apoplexia causada por excesso de risadas.

Nunca tinha ouvido falar que roupas guardadas encolhessem com o tempo. E, em sentido oposto, salvo algum milagre, após determinada idade ninguém cresce mais. Bem entendido, no sentido físico quero dizer, porque no aspecto intelectual as pessoas — nem todas, nem todas — costumam engrandecer-se com a idade.

Meus paletós, não imagino com que fenômeno desconhecido, contrariaram essas verdades. As mangas, que há alguns anos passavam um pouco do início dos meus punhos, agora terminavam mais para cima, bem longe deles.

Outra evidência de que eu, depois de mudar de profissão, havia espichado ou os paletós encolhidos, era a altura das barras em relação ao meu corpo. Antes, elas iam, no lado de trás, até abaixo do cóccix, e na frente, chegavam à região pubiana. Hoje, não sei por qual mistério, o comprimento delas mal encobre meu umbigo.

Depois, ao ver minhas gravatas penduradas num cabide, não quis quebrar o encantamento que elas me traziam no passado. Nem tentei fazer o nó Windsor. Que tristeza... Já até havia me esquecido como começá-lo.

Não avisei o advogado. No dia da audiência, confiante na minha decisão de só vestir o que me agradava, sem terno fui ao encontro dele. Ao contrário de censurar-me, ao me ver em mangas de camisa ele abriu os braços e disse em voz alta:

— Que sorte, meu querido! Não consegui telefonar. Que bom, você adivinhou. O juiz antigo foi transferido. O outro, um frangote que chegou agora, não gosta de terno. Ele acha que isso é um costume imposto por países europeus colonizadores.

Diante do meu sorriso aliviado ele continuou a falar:

— A gente nunca sabe o que vai sair da cabeça desses juízes. Cada um decide de um jeito. Tá difícil ser advogado hoje em dia, meu querido.

INEVITÁVEL

A casa, com quintal e um jardinzinho na frente, ao que tudo indica já havia passado por várias restaurações. Ganhou pinturas, telhados novos e quem sabe até um número diferente na rua.

Os moradores, talvez para no futuro se lembrarem de bons momentos lá vividos, devem ter preservado os cômodos com a mesma divisão original.

O antigo sofá decerto já passou por inúmeras reformas. Ostentou revestimentos de diferentes materiais e texturas; aguentou o peso de muita gente e continua lá, firme, encostado na parede onde sempre foi o seu lugar.

Em volta da mesa da copa, é plausível que hoje não se sentem tantos familiares como outrora. Os avós, alguns tios, quiçá o tempo já os tenha levado. Acabaram-se as risadas que o vinho e a macarronada domingueira arrancavam do fundo de corações felizes.

Teriam os moradores demolido a edícula dos fundos da casa? Que pena se fizeram isso. Esse espaço com seus amontoados de cacarecos é adorado pelas crianças. Curiosas, com receio, elas imaginam que as caixas em cima de velhas estantes possam conter objetos assustadores.

Um muro alto hoje protege a casa. Se por um lado ele a deixa mais segura, por outro, esconde a beleza que no passado encantava os transeuntes. Da calçada, agora ninguém consegue mais admirar as rosas que devem ainda perfumar o jardinzinho da residência.

O aparelho de TV, à frente do sofá, com certeza não é o mesmo de algum tempo atrás.

Volta e meia, no espaço da estante reservado a ele, reluzia uma TV mais moderna, repleta de funções e com uma tela maior.

Televisores de último tipo têm recursos úteis e tentadores, é inegável. A criatividade no campo da eletrônica parece não ter limite de expansão.

Fato curioso, porém, é que os consumidores como regra demonstram um desejo irresistível de substituir aparelhos antigos por outros recém-lançados. As pessoas agem dessa maneira nem tanto pela alta tecnologia que os modernos objetos possuem. Tudo não passa de uma forma de afirmação pessoal. Elas não se sentem bem quando vizinhos, parentes e amigos as veem utilizando equipamentos eletrônicos antigos.

Estaria sentada no sofá uma velha senhora, a mãe, reclamando de dores nas costas e nas pernas?

É provável que sim. A longevidade cobra seu preço. Quem a vivencia, com as suas limitações de forma até humilhante, paga caro por esse fadário.

Na sala, vendo televisão, a velha mulher bem poderia estar com um parente, um dos seus filhos. Um homem mais novo do que ela, claro, mas um idoso também.

É possível que a mulher já estivesse quase surda, contentando-se apenas com as imagens da TV. Contudo, teimosa, continuaria a não acreditar na surdez total que aos poucos se aproximava. Num ato de negação à deficiência auditiva, ela atribuiria a dificuldade de ouvir a algum problema na voz do filho com quem conversava.

Ele iria se incomodar ao ver a derrocada física que a velhice avançada causava à mãe. Ao ouvi-la contar lamúrias, com medo da vindoura senilidade, talvez dissesse palavras ásperas à mulher, entristecendo-a. Ela — mãe é mãe —, para não magoar o filho, não demonstraria contrariedade.

Caso agisse mesmo dessa forma, grande bobagem o homem iria fazer. O tom grosseiro do seu desabafo poderia aliviá-lo da momentânea tensão emocional. No entanto, não iria impedir a chegada da própria velhice, com todas as dificuldades inerentes a ela, inclusive provável surdez.

AMIZADE-COLORIDA

Era uma tarde calorenta. Sentados num banco do parque, um casal de idosos começou a conversar. O homem apoiava a mão direita no castão da bengala e com a outra acariciava os joelhos, que um largo bermudão deixava descobertos.

— O senhor vem sempre aqui? Nos dias de hoje está difícil manter amizades, o senhor não acha? — a mulher perguntou.

— Se está... Por que a senhora perguntou isso? Alguma amiga magoou a senhora? Não se preocupe, não. Deve ser apenas um mal-entendido.

Perto do banco, um cachorro, sentado naquela pose clássica dos cães, olhava o casal com os olhos fixos. O bicho abaixava e levantava as orelhas, como se estivesse concordando ou não com a conversa que ouvia.

Algum tempo depois, como que reanimada por algum pensamento encorajador, a mulher respondeu à pergunta feita pelo homem.

— Não, ninguém me maltratou. É que andei lendo umas coisas de Aristóteles. Conhece, né? Ele sustentava que só existem três tipos de amizades. Ando meio esquecida, mas eu acho que ele afirmava que só existem a amizade interessada, a prazerosa e a perfeita.

— É interessante esse assunto — o homem disse. — Como é mesmo essa história de amizades de acordo com astrólogo?

— Não é astrólogo. É filósofo. Ah, ele dizia que a amizade interessada é aquela falsa. As pessoas só mantêm esse tipo de relacionamento para receber alguma coisa em troca. Aliás, para chegar a essa conclusão ninguém precisa ser filósofo, né?

— Hum, é verdade. Isso acontece muito hoje em dia. Fala agora dos outros tipos, estou gostando da conversa.

— Bom, tem a amizade prazerosa, parecida com um relacionamento de casal. É um tipo difícil de encontrar. As pessoas são amigas do coração, com intimidade até sexual.

— Hum, concordo — ele falou, balançando a cabeça. — Hoje em dia a gente até vê homem de mão dada com homem e mulher abraçada com mulher. Deve ser essa tal de amizade por prazer. E o terceiro tipo, como é?

— É a amizade perfeita, a que dura mais. Amo de paixão esse tipo de amizade. Um amigo respeita o outro como ele é, sem questionamentos. Que lindo...

— Entendi. O filósofo sabia das coisas, hein?

Os dois ficaram em silêncio por um momento. De repente, com um sorriso malicioso o homem perguntou:

— Sobre a amizade-colorida ele não falou nada?

— Ora, naquele tempo não existia esse tipo de amizade, essa pouca vergonha — ela respondeu contrariada.

— A senhora é que pensa. Os ricos, como Aristóteles, viviam numa orgia. Irmão transava com irmã, filho com a mãe, amigos se apunhalavam pelas costas. Essas saunas suspeitas de hoje são fichinhas perto dos balneários do passado. Já vi isso em filmes. A senhora não sabia?

— Não é bem assim — a mulher retrucou em voz alta. — Hoje em dia é que as amizades estão ficando insuportáveis. Por causa da internet ninguém respeita mais ninguém. O senhor tem um amigo por mais de 50 anos, mas basta fazer uma pequena bobagem que a notícia se espalha de outro jeito, deturpada, e esse amigo vira a cara para o senhor.

— Que coisa... — ele disse. — A senhora aceitaria ir lá em casa tomar uns drinques? Eu moro sozinho aqui perto, sabe?

— Nossa, com prazer. Eu também moro sozinha. Olha lá, hein, não vá me embebedar, tá bom? E vamos deixar essas coisas de senhor e senhora de lado, tá bom? Me subiu um calor no corpo e eu fiquei acanhada de perguntar antes, sabe? Qual é mesmo a sua graça?

CANALHICES

Um inspetor federal não perdia qualquer oportunidade de se vangloriar do cargo que ocupava. Por ganhar ótimo salário, ele fingia desconhecer que milhões de pessoas mal conseguiam comprar comida com a mísera ajuda do governo.

Essa prepotência o fazia se omitir diante dos péssimos indicadores da situação educacional, econômica, cultural e de saúde pública que afligiam o país.

Sempre irritado com a imprensa por esta criticar o alto salário que ele e seus colegas de trabalho recebiam, o homem costumava esbravejar: "Esses jornalistas de merda deviam estimular o progresso. Mas não, eles ficam aí incentivando o povo a tirar os bens das pessoas que subiram na vida como eu".

A insatisfação popular era instigada por dois grupos com ideologias políticas antagônicas. De um lado, choviam críticas contra o governo anterior, tido como fascista e inábil na prevenção de grave doença; de outro, as acusações se baseavam na volta de um dirigente apontado como corrupto, populista, demagogo e pinguço. "A gente não consegue comer nem arroz com feijão e esse mentiroso quer nos enganar com promessas de churrasco e chopinho", gritavam nas esquinas.

Diante dessa discórdia generalizada, o inspetor não andava com a carteirinha, o documento que o identificava como detentor do cargo muito bem remunerado, como a imprensa divulgava. "Se algum desses vagabundos, invejosos, esfomeados me pegar sou um homem morto", ele pensava.

Num fim de semana, convidado a participar de um encontro de administradores, ele viajava em seu luxuoso carro. Acompanhando-o, estava sua jovem secretária, uma linda garota de 23 anos, com quem — ele imaginava que ninguém soubesse —, a despeito de ser casado, mantinha um relacionamento amoroso.

Bem mais velho do que a moça, e no volante de um carro de luxo, ele imaginou que essa circunstância poderia despertar suspeitas de aliciamento de mulheres para fins de prostituição. Por causa disso, embora não gostasse, levou sua carteirinha de inspetor federal. Esse documento, ele pensou, poderia livrá-lo de qualquer contrariedade com os agentes de trânsito.

Na estrada, dirigindo em excesso de velocidade, um guarda o parou.

— Documentos, por favor.

— Hum, inspetor federal? — perguntou o policial.

— Sim.

— Ganha bem, né? Vi na televisão.

O inspetor federal, irritado, olhou para o agente e disse:

— Ganho o que mereço. E você, ganha o que merece?

— Você, não, me chame de senhor — respondeu o guarda. — Estou vendo que o carro não está no seu nome. Pode me explicar isso? Desça devagar, por favor.

O homem obedeceu. Após uma rápida conversa, aumentou a voz para a garota ouvir e disse ao agente:

— Um mil você aceita e não se fala mais nisso?

— Fechado — respondeu o guarda, fazendo o sinal de positivo com o polegar.

— Vou autorizar o banco a transferir o dinheiro para minha conta-corrente. Assim posso fazer um Pix — disse o administrador, também com voz alta.

Em seguida, distante do guarda, ele começou a falar baixinho ao telefone.

Logo, sirenes foram ouvidas. Do carro blindado desceu o governador do estado, que também seguia para o encontro.

— O que está acontecendo, algum problema? — com um sorriso amigável ele perguntou ao administrador.

— Estou sendo extorquido por esse guarda, excelência. Minha secretária ouviu tudo e pode confirmar — o inspetor respondeu olhando furioso para o agente de trânsito.

TORCEDORES

Não adianta o dentista caprichar na decoração da sala de espera do seu consultório. Ela sempre será um lugar inóspito, a antessala da dor. Outro dia, estando em uma delas, folheava uma das revistas oferecidas aos clientes como distração.

Antes de abri-la, olhei para as outras que ficaram na mesinha de centro. As revistas, espalhadas, ofereciam-se com suas capas chamativas e coloridas ao gosto de quem por alguma delas se interessasse.

A que eu escolhi era sobre viagens. Com um sorrisinho compreensivo deduzi que o doutor devia ser eclético na conversa com os clientes. O que me levou a ter esse pensamento foi a variedade de publicações sobre a mesa. Gastronomia, moda, economia, literatura, dentre outros temas, compunham o conjunto de assuntos destinados ao passatempo das pessoas.

O dentista era cauteloso, imaginei. Ele não havia deixado expostas revistas sobre futebol, política ou religião, esses temas apaixonantes e causadores de discórdia. Decerto ele agiu dessa forma para evitar possíveis discussões entre as pessoas na sala e entre ele e os clientes.

O homem não queria saber de confusão, pensei. Imaginem se ele não fosse precavido e pusesse na parede do consultório a bandeira do seu time, o Corinthians, por exemplo. Um palmeirense, ao entrar na sala do profissional, para provocá-lo, em tom de brincadeira poderia dizer-lhe: "Com todo respeito, doutor, já se recuperou da surra que nós lhe demos outro dia?". O dentista, sem querer começar uma conversa longa e cheia de jocosas provocações, talvez respondesse ao cliente: "Ah, meu caro, coisas do futebol. Acontece, acontece, vamos nos vingar no próximo jogo".

A vingança, no entanto, começaria logo, um pouco depois de o paciente sentar-se na cadeira, continuei a imaginar. Além das dores e com a boca aberta invadida por um sugador de saliva, o cliente não poderia discordar do doutor enquanto este escavava um molar entoando o famoso hino corintiano.

Deixei de fantasiar sobre a ilusória vingança do dentista e substituí esse devaneio por outro. Lembranças alegres me envolveram ao folhear a revista sobre viagens. Um drinque verde, servido num copo alto, propagandeando o bar de um luxuoso hotel caribenho, levou-me de volta à juventude vivida em uma cidade do interior.

Um amigo acabara de completar a maioridade. De uma hora para outra tornou-se adulto — a hipocrisia é a madrasta má de muitas leis — e começou a exercer seus direitos. Um deles era frequentar a zona.

Lá, acanhado por ter visto o juiz de menores da cidade em uma mesa com várias garotas, meu amigo acomodou-se no fundo do bar.

A garçonete de microssaia sugeriu-lhe que experimentasse o drinque da casa. Uma bebida verde, feita com licor de menta e soda limonada, conforme lhe explicou a moça de olhos esverdeados como a bebida.

Meu amigo não se cansava de contar essa história. Ele nunca deixou claro, porém, se o verde que ficara em sua cabeça era o do drinque ou o dos olhos da garota.

A bebida verde da revista trouxe-me à memória bons momentos vividos com o meu saudoso amigo. Esqueci-me até que estava na sala de espera de um dentista. O que me fez voltar à realidade foi a sorridente secretária me chamando.

Não contive o riso. O dentista ficou sem graça ao notar que eu o vi quando tentava esconder num livro uma foto do Palmeiras, com o time ostentando a gloriosa camisa verde.

Saímos do consultório juntos relembrando a genialidade do Ademir da Guia, o Divino.

APACHE

Os limões a gente colhia no quintal de casa, mas o gelo para a limonada... A falta dos cubinhos era suprida pela gentileza de uma vizinha, feliz proprietária de uma geladeira. Naquele começo da década de 1960, nem todas as famílias remediadas possuíam eletrodomésticos. Em contrapartida, elas também não tinham dívidas porque não era habitual fazer compras à prestação. Vivia-se com aquilo que o salário permitia.

De vez em quando — e o fato despertava suspeitas —, um rapaz do bairro chegava com uma lambreta, emprestada, é claro. O cara, com longa cabeleira e calça jeans, acelerava ruidosamente a máquina, exibindo-se para as meninas.

Havia boas escolas públicas, não faltava comida e as matinês de domingo acalentava nossos sonhos. Ah, tínhamos também uma vencedora seleção de futebol. Crime organizado só era visto nos filmes de gângster. E, para alegria dos moços mais velhos, às vezes aparecia uma maluca que dava pra todo mundo.

Os jovens da cidade, diante do sucesso que os integrantes dos conjuntos musicais (não se chamavam bandas) faziam com as garotas, eram tomados por um sentimento parecido com admiração, temperada com salpicos de inveja.

Tantos anos depois dos inesquecíveis bailinhos, hoje admito: dentre aqueles jovens enciumados existia um que eu imaginava conhecer bem. Era eu, cheio de espinhas.

Embora eu soubesse fazer acordes de guitarra, isso não bastava para ser admitido em um daqueles conjuntos. O motivo: falta de grana para comprar o instrumento. Paciência, com uma dorzinha de cotovelo eu me contentava apenas com meu violão.

As garotas não corriam atrás de mim como faziam com os moços dos conjuntos. Todavia, minhas namoradas haviam se interessado apenas pelo que eu era, sem necessidade de pertencer a um grupo famoso apenas por alguns meses. Os conjuntos tinham vida curta. Logo, desfeitos, acabados, e cada ex-integrante agindo por conta própria, no máximo eles teriam a minha sorte: "ganhar uma mina legal", como dizia-se então.

Reconhecer que o tempo passa e a esperança própria da juventude afrouxa-se, causa compreensível mal-estar. E não podemos fazer nada. São as exigências da vida adulta, cheia de melindres.

Revigora-me relembrar a imagem do violão de tampo preto esperando-me encostado num canto do quarto. Em devaneios, com ele eu me transformava em Elvis Presley. Depois de longa introdução da orquestra, eu entrava no palco requebrando, com o violão pendurado no pescoço, e abria os braços à delirante plateia feminina.

Esse violão é uma doce lembrança. Ele foi mais uma vítima do tempo. Mudanças, trocas de móveis, tais coisas da vida causaram o desaparecimento dele. Apenas no plano físico, porque no espiritual ele ainda continua pendurado no meu pescoço, agora já enrugado, parecendo um papo de peru.

Eu pensava em tudo isso enquanto aguardava a abertura do cinema de um shopping. Sentia até saudade das filas que existiam nos cinemas de rua. O apelo comodista dos shoppings, a violência das cidades, depois a internet e por último — até agora — a pandemia de Covid acabaram com as longas filas.

É prático, embora sem alma. As pessoas hoje chegam com o ingresso gravado no celular. Elas só precisam mostrá-lo ao atendente, que é uma reminiscência dos antigos bilheteiros.

Onde foram parar as baleiras, aquelas meninas lindas de sainhas curtas vendendo dropes e cigarros? Não há mais cortinas se abrindo ao som de Henry Mancini. O cinema do shopping, pelo menos, onde com esses pensamentos eu estava, presenteou-me com uma gostosa lembrança da juventude. Dos alto-falantes começou a sair o som da banda inglesa The Shadows, tocando *Apache*.

MALANDROS E OTÁRIOS

Seu Aristides era um solteirão baixinho e gordo. Alguns amigos o chamavam de careca, embora ele conservasse ainda o conhecido para-lama, aquela faixa de cabelos que circunda as laterais e a parte de trás da cabeça. Saúde física não lhe faltava. No aspecto emocional, porém, não se pode dizer o mesmo: ele era hipocondríaco e ingênuo demais.

A notícia de iminente pandemia, logo de cara o assustou. Na dúvida entre a provável ocorrência do sério problema, que o então governante do país negava, e os pretendentes a substituí-lo afirmavam o contrário, seu Aristides, às pressas, procurou na internet um especialista no assunto.

Ele foi muito bem tratado pelo doutor na consulta. Contudo, no retorno o médico analisou os exames de sangue e o que ele disse deixou seu Aristides muito preocupado. A doença não iria matar muita gente. Causaria aí um mal-estar, uma diarreiazinha no máximo, na população em geral. O especialista, no entanto, afirmou que seu Aristides, por ter nascido com inversão cromossômica, era mais suscetível de pegar a doença. E se isso acontecesse ele estaria 100% desenganado.

— Meu Deus, doutor, inversão, o que é isso?
— É difícil de explicar, meu caro. Num cromossomo unifilamentoso há duas quebras durante a interfase.
— Meu Deus, durante o quê? E isso pode ser curado?

O especialista, com o olhar grave, respondeu-lhe que na medicina protocolar, aprovada por organizações científicas de abrangência internacional, não havia cura. Mas...

— Pelo amor de Deus, doutor, mas.... Mas o quê?

— Há um jeito — o médico respondeu. — Fica um pouco caro, mas afirmo que consigo salvá-lo da provável morte. Também peço que o senhor mantenha o tratamento em segredo.

— Que alívio, doutor. Mais ou menos quanto fica o preço?

— 50 para os meus honorários e 20 para o ermitão.

— 50 mil? — seu Aristides perguntou.

— Sim, 50 mil reais, já incluído aí o pagamento dos batedores. Eles vão acompanhá-lo até o templo, em cujo jardim floresce a poderosa erva medicinal. O ermitão entregará ao senhor a porção de folhas necessárias. Com essa planta eu preparo o remédio. Aviso de antemão que é muito perigoso chegar sozinho àquele pedaço de terra. Há risco de ataque dos cruéis índios trocadores de alma.

— Trocadores de alma, doutor, de que jeito?

— E como eles são violentos... Tocaiam as vítimas, e quando conseguem 13 prisioneiros, o pajé, detentor de misteriosa técnica cirúrgica, retira o cérebro de um preso e transplanta o órgão para a cabeça de outro. Todos saem de lá com o psiquismo trocado. Alguns até se matam por causa da confusão entre o corpo e a mente.

— Meu Deus! O senhor já atendeu uma dessas vítimas?

— Sim, mas o tratamento é só paliativo. Ninguém volta a ser o que era. Um dia apareceu aqui uma senhora acompanhando um velho com uma chupeta na boca. Ela disse que o coitado era seu marido. Durante uma pescaria, os índios o pegaram e colocaram nele o cérebro de um menininho. "Agora ele faz cocô nas calças, doutor, e só fica repetindo a palavra mamãe em inglês: *mommy, mommy*", ela acrescentou chorando.

— Meu Deus, que perigo. E como eu faço para pagar as despesas? O tratamento é garantido, né?

— Claro, trabalho nessa área há anos. É só mandar um Pix pro meu contador. No dia seguinte ele marcará o dia, local e hora para o senhor encontrar os batedores. Entendeu?

— E se, por azar, eu for pego pelos índios, o senhor devolve o dinheiro?

— Claro. Nesse caso, o senhor precisa vir aqui junto com a pessoa que recebeu o seu cérebro para tratarmos do assunto.

— Ah, bom, agora entendi.

DITOS, ESCRITOS E IMAGINADOS

O ditado "Não estar no gibi", como muitos outros, escafedeu-se. A máxima significava que algo era incrível ou fora do comum. Não pretendo reavivá-la porque esses modismos, quando perdem o viço, preferem o limbo do esquecimento. Mas, saudoso, ouso agora profanar sua letargia. Pois bem, antes do computador, "não está no gibi" o que se desperdiçava de papel sulfite. Os autores apenas chegavam à redação final depois de inúmeros rascunhos amassados e jogados no lixo. De vez em quando, nervosos, quem sabe por falta de inspiração ou assunto, até as máquinas de escrever eles atiravam no chão.

Na rotina dos escritórios e nas redações de jornais, por exemplo, o desperdício era o destino das folhas amarfanhadas.

Sem rascunhos não se chega ao texto final. O computador, felizmente, de mansinho, arrumou um jeito de produzi-los sem desperdício, a não ser de tempo. No plano físico os rabiscos quase não existem mais. Agora eles são apagados (aliás, deletados), reescritos, e só o texto aprovado pelo autor às vezes é impresso.

Essa ampla liberdade de escrita, porém, costuma ter efeitos colaterais. Sim, os recursos dos processadores de textos podem, num descuido do redator, transformar a simplicidade e a clareza, qualidades dos bons textos, numa massa verborrágica.

Outra dor de cabeça pode acometer quem se deixa seduzir pelos processadores de textos. Com a internet, a facilidade de transmitir opiniões tornou-se um perigo. O abuso no envio de mensagens irrefletidas pode nos render processos, a obrigação de pagar indenizações e, não raro, até cadeia.

Toda atenção é necessária. Textos ou áudios, gerados durante uma bebedeira ou num momento de ira contra alguém, só devem ser encaminhados após cuidadoso exame, feito depois de passada a carraspana ou a raiva.

Escrever é trabalho merecedor de profunda reverência. É grande o número de pessoas que destroem anotações logo depois de tê-las posto, cheias de sentimentos, na tela do computador. Bate na cabeça delas que até o caderninho, o confidente e secreto diário manuscrito, pode vir a público revelando amores e horrores.

Mestres da escrita, por humor, incentivo, desabafo, ou outra razão qualquer, deixaram sentenças célebres sobre a arte que dominavam.

Para o autor americano Henry Thoreau "Uma palavra escrita é a mais fina das relíquias". Pablo Neruda, definindo seu ofício, assim se manifestou: "Escrever é fácil. Você começa com uma letra maiúscula e termina com um ponto final. No meio você coloca as ideias". Lêdo Ivo, como ironia, também deu sua opinião sobre o assunto: "O grande escritor não precisa ser nem muito inteligente nem muito culto. A inteligência e a cultura são, contudo, indispensáveis nos escritores menores".

A mistura dos temas rascunhos, desperdício de papel e escrita me fez lembrar de um exercício do ensino fundamental. A professora pendurava um quadro na lousa e pedia aos alunos que escrevessem a respeito da imagem.

Certo dia, um garoto levantou o braço e disse:

— Professora, posso escrever sobre o que está desenhado atrás do quadro?

— O quê, tá maluco, menino? — surpresa ela perguntou.

— Não, professora. Tô achando que tem coisa bonita lá.

Nunca mais soube daquele garoto. Pela imaginação demonstrada, no entanto, é provável que ele tenha se tornado um criativo escritor. Ou, quem sabe, um sensível artista plástico. Desses que enxergam beleza onde as pessoas comuns apenas veem formas corriqueiras e sem graça.

A professora, todavia, rabugenta e conservadora como ela só, se ainda estiver neste mundo, ao lembrar-se do menino talvez o imagine, hoje, um louco internado num manicômio.

QUE FALTA FAZ O AMOR

O tempo não perdoa a quem não soube aspirar seus efêmeros perfumes no momento oportuno.

Depois de algumas décadas de vida, se no distante passado vivenciamos um grande amor, devemos no presente nos sentir felizes e realizados. Sim, porque não vai ser fácil experimentarmos outro sentimento igual.

Essa é a dolorosa normalidade. Todavia, em virtude de algum extravagante e invejado arroubo do coração, de vez em quando vemos um velhinho ousado se enrabichar por uma garota de vinte e poucos anos.

Existe outro adorável exemplo que também foge à sisudez da regra: os casos são ainda menos frequentes, mas também de vez em quando uma velhinha se derrete por um musculoso e bronzeado rapagão.

Quem no passado deixou um amor morrer sem logo substitui-lo por outro, é bem possível que esteja hoje, muitos anos depois, mesclando na alma arrependimento e saudade. Isso porque, a não ser em casos excepcionais, é difícil surgir de novo enlevo semelhante ao antigo amor desaparecido.

Sentimentos não obedecem a protocolos. Salvo na voz de embusteiros, condutas predeterminadas de comportamento para um bom convívio entre amigos, por exemplo, além de ridículas são ineficazes. Se a afirmação é válida para a amizade, imagine então para o amor.

Manter um relacionamento amoroso aceso exige aceitações e renúncias. Porém, como essa labuta é prazerosa, os amantes descobrem meios de sustentar o romance. Essas regras nunca são preestabelecidas. Cada casal cria as suas.

A pessoa que deixa seu amor dando-lhe adeus na janela e aventura-se no garimpo da vida em busca de outros olhares, corpos e perfumes, ao voltar pode encontrar a antiga janela vazia. Nessa hora dói muito o choro baixinho. É difícil conter os fios de lágrima que escorrem lentamente, antes de atingir o peito da pessoa, arrependida por ter andado a esmo em tortuosas ruas.

Visto de outro modo, é comum também o romance ser atingido pelo tédio, que, embora aparente ser calmo e quieto, não tem nada de fraco. Ele aos poucos consegue levar o amor à míngua.

Quando alguém começa a perceber que o enfado está apoderando-se do amor, é chegada a hora de iniciar a luta contra o desinteresse. Nessa guerra, nem sempre vencida, são permitidas várias armas: compreensão, viagens, sorrisos, presentinhos, conversas francas, desculpas e perdões.

Ocorre com frequência também o fato de o amor ser atingido por algo que o machuca de forma a tornar difícil sua recuperação. Isso acontece quando o romance termina sem um motivo claro.

Um evita ficar perto do outro. O casal já não faz qualquer programa romântico. Ele, que nunca havia gostado de futebol, começa a frequentar estádios. Ela, que não se importava muito com alguns quilos a mais, resolve ir uma academia. Os dois, como que envergonhados, evitam assistir juntos a cenas de beijos e sexo em filmes e novelas.

E o que dizer da morte? Ela acaba com o relacionamento e não com o amor, caso este ainda existisse antes de o detestado fim acontecer.

Às viúvas e aos viúvos, se porventura pisarem outra vez numa cidade onde passaram momentos felizes com a pessoa agora inexistente, vai ser doloroso pensar que jamais sentirão a mesma doce alegria outrora vivida com ela.

Durante as longas viagens aéreas, decerto eles se lembrarão dos momentos em que, embalados por sorrisinhos nervosos, um segurava a mão do outro tentando disfarçar o temor da turbulência.

VINTAGE

Hoje de manhã, depois de abri-la para pegar o leite e o queijo branco, olhei-a com muito carinho.

Minha velha geladeira é pesadona. Apesar desse fato, os quatro pés de louça que há muitos anos a sustentam continuam firmes. Desprovida das inúmeras utilidades que as novas oferecem, ela executa muito bem o trabalho para o qual foi criada. O território da cozinha é dominado por ela e o vetusto fogão. Perto destes, armários, caçarolas, escorredor de pratos e outros objetos não passam de meros acessórios.

Olhar com doçura para um antigo eletrodoméstico não é lá atitude corriqueira. Contudo, penso que no meu caso esse comportamento não revela um estado mental meio escangalhado. Ao contrário, entendo-o como sensível, capacitado a apreciar de forma agradecida um objeto querido.

Nessa contemplação notei um curioso detalhe. Assim como a velhice da geladeira, os ímãs nela grudados propagandeiam restaurantes, lavanderias e bares fechados há anos. Penduradas, há também lembranças de viagens em forma de igrejas, praias e animais. Faz parte desses adornos até um pratinho que ostenta uma foto do Cristo Redentor, com a mensagem "Estive aqui e lembrei-me de ti".

Sei, caro leitor, você deve estar se perguntando por que razão não falei sobre o clássico pinguim de geladeira. O motivo é simples. Meu estimado refrigerador é velho, apesar disso ele nunca deixou de ter *finesse*. Ele jamais quis exibir esse, por assim dizer, cafona enfeite.

Os amigos e parentes que me visitam nunca se importaram com esses detalhes reveladores do meu apego a utensílios fora de moda. Entretanto, eu percebo que, ao assistirmos a algum jogo de futebol, vejo-os trocando olhares e estranhos sinais. Isso, imagino, não significa desaprovação ao meu mobiliário antigo e ao modelo desatualizado do meu televisor de tubo. Ele sintoniza os canais com excelente desempenho de volume de som e imagem.

No *réveillon* passado recebi algumas pessoas. Elas elogiaram a comida e a bebida que servi. Era indescritível o gostoso aroma do pernil assado; o champanhe, então, "estava nos trinques", disseram os convidados. Com visível sinceridade, os amigos, entreolhando-se, não se cansavam de mencionar o ótimo funcionamento da velha geladeira e do fogão. Uma das amigas, meio bêbada, levantou o copo e olhando para todos afirmou que ouvira falar, mas nunca havia experimentado o tradicional coquetel de camarão servido como entrada.

Não me canso de pensar que esses objetos antigos e bem conservados são funcionais. Eles não me surpreendem quando os utilizo. Já passou o tempo em que a paciência me permitia, a contragosto, ler manuais de montagem e uso de modernos aparelhos.

Esse meu apego a antiguidades, se não chega a ser apreciado pela minha diarista, ela também, de forma explícita, não reclama.

Acredito que a moça gostaria de lidar com novos eletrodomésticos. No entanto, ela trabalha comigo há tantos anos e já deve ter se acostumado com as coisas antiquadas que mantenho em casa. Todavia, não raro eu percebo que a mulher, revelando seu desejo de lidar com objetos modernos, deixa sobre a mesa da copa revistas e folhetos, divulgando os últimos lançamentos de refrigeradores, fornos, fogões etc.

A diarista, sabendo da minha afeição por eletrodomésticos e móveis antigos, nunca me disse que eu deveria desfazer-me dessas estimadas velharias. Há algum tempo, porém, ao pedir-lhe para ir buscar minha caixa de fitas K-7 e alguns LPs, guardados em um grande baú de madeira que herdei do meu bisavô, notei em seu semblante um sorrisinho zombeteiro, até então desconhecido por mim.

PETISCO SICILIANO

São agradáveis os repetidos encontros de dois ou três casais, quando se reúnem para mais uma etapa do planejamento da viagem que pretendem fazer ao exterior. É fato comum, entre casais que se conhecem há pouco tempo, nunca terem viajado juntos. Assim, as reuniões são aproveitadas para a troca de experiências sobre países, cidades, hotéis, restaurantes, museus etc.

Eles evitam encontros rotineiros no mesmo local. Preferem fazer a reunião seguinte em restaurantes e bares diferentes. Tais estabelecimentos desconhecidos envolvem os futuros viajantes numa sensação semelhante a cumplicidade. Essa emoção é compreensível. No futuro, eles poderão falar sobre detalhes da então primeira vez, juntos, num saudoso bar.

Encontros na residência de um dos casais são evitados, porque assuntos domésticos aparecem e o tema principal, a viagem, perde o foco, para usar essa expressão da moda.

No entanto, é inevitável: um dia a reunião acaba ocorrendo no apartamento de um dos casais. E quando isso acontece, aí sim os amigos começam a se conhecer de verdade.

Os convidados, para não se mostrarem indelicados, comem qualquer coisa estranha apresentada pela dona da casa, como, por exemplo, um nominado petisco típico de Siracusa. Nessa cidade, a anfitriã explica, uma velha siciliana pedira-lhe que levasse a receita para o Brasil. "Ah, se eu fosse mais jovem iria para a América", a dona da casa, quase às lágrimas, diz essas e outras palavras, afirmando tê-las ouvido sair da boca trêmula da velhinha italiana.

Os visitantes se entreolham. Ninguém se atreve a insinuar que a conversa está se tornando aborrecida. Um deles, para ajudar na mudança de assunto, elogia um quadro na parede, por exemplo.

O encontro seria suportável se o desconforto se resumisse a isso. O clima, entretanto, piora. O anfitrião se levanta e diz: "Meus caros, reservei uma surpresa para esta memorável noite. Vocês não sabiam — eu sou poeta". Em seguida, o homem tira de uma gaveta um volumoso caderno e o espetáculo tem início: "Este poema, lembra querida?", ele pergunta para a mulher e recomeça a explicar: "Eu declamei este poema no velório da minha sogra. Lembra querida"?

Enquanto o elevador desce, um dos visitantes não se contém e diz: "Será que a gente vai aguentar aqueles dois na viagem, ou é melhor desmarcar tudo enquanto é tempo"?

Eles não se reúnem outra vez. O sabor do petisco siciliano e a apresentação dos poemas fizeram-nos concluir que já estavam preparados para a viagem.

Após o desembarque em Paris, enquanto esperam as malas, os casais, em tom jocoso e ao mesmo tempo incriminatório, entre risadinhas nervosas acusam-se de terem sido contemplados com assentos melhores no avião.

No primeiro dia juntos, um dos amigos sussurra para a esposa que a fulana do petisco siciliano está atrapalhando o passeio. "Ela entra em todas as lojas do caminho e ainda pede para a gente esperá-la", o homem justifica sua irritação.

No fim da tarde, eles trocam observações divergentes a respeito dos passeios e de tudo que fizeram juntos. A discórdia maior é sobre o almoço no bistrô. "Imaginem, o meu *cassoulet* é melhor, né bem?", indignada diz para o marido a mulher do petisco siciliano.

No dia seguinte, eles não se encontram no café da manhã. Recados na portaria explicam o motivo. Um casal decidira sair cedo para ver a alvorada; outro, iria pegar um trem para conhecer os arredores de Paris. A mulher do petisco siciliano e seu marido haviam resolvido dormir um pouco mais. À tarde, eles planejavam conhecer uma feira especializada em temperos exóticos.

SAINHA GODÊ

Eles se conheceram numa praia do Nordeste. Ela, de biquíni preto, sorridente, com os cabelos compridos balançando ao vento. O rapaz, magro, corpo bonito, cabelos aloirados e vestido com um shortinho jeans. Trocaram olhares e sorrisos; fizeram muito amor, passeios juntos e se apaixonaram.

A família da moça, no entanto, não aprovou o namoro. Os pais, os tios e sobretudo os irmãos insistiam em dizer que o jovem só queria explorá-la, aproveitar-se da boa situação financeira dela, filha de pessoas ricas e influentes. A garota, entretanto, não deu ouvidos aos parentes e na sua festa de aniversário anunciou que iria morar com o namorado.

Numa tarde, alguns meses depois, ao voltar do trabalho, a moça não encontrou o rapaz. O porteiro a informou que o namorado, durante a manhã, descera com algumas malas e havia saído de carro.

O rapaz não voltou para casa naquele dia, como ela esperava. Ele a abandonara. A garota chorou de tristeza durante um tempo, porém se refez e voltou à vida normal. Ela acreditava que o moço, por alguma razão, quis dar um tempo no relacionamento e não tivera coragem de dizer-lhe.

A contragosto, pressionada pela família, ela já havia examinado sua caixa de joias e seu *closet* e constatado que não faltava nada.

Alguns objetos que o moço deixou no apartamento não a incomodavam. O que lhe causava desconforto era um caderno cheio de anotações esquecido pelo rapaz em cima de um armário.

Com medo de uma decepção amorosa, ela não quis folhear e ler o conteúdo do caderno. Mas, um dia, saudosa, decidiu examinar os escritos. Eram poemas, desabafos, esboços de contos e crônicas, todos com temática ingênua e romântica.

A moça pouco ficava em casa. Por isso, as roupas e sapatos que o namorado também deixara não a perturbavam, mas, mesmo assim, ela resolveu doar as peças para uma ONG.

Numa manhã, quando os funcionários da organização estavam colocando os pertences do namorado no elevador, ela viu cair um pequeno objeto.

Era um *pen drive*. Ela conectou-o no computador e, curiosa, passou a pesquisar os arquivos. Mas não encontrou nada estranho. Apenas fotografias, áudios de poemas.

A moça, já então conformada com o abandono, decidiu viajar. "Fazer o quê? Tenho que me acostumar com a ausência dele", ela pensava tomando um uísque no avião.

Os pais e irmãos iriam fiscalizar a reforma radical do apartamento. Foi a forma que a moça encontrou para tentar esquecer o quanto de tórrido amor viveu com o namorado nos antigos cômodos da casa.

O trabalho, bares, cinemas e paqueras a ajudaram muito. Ela estava conseguindo alcançar seu intento.

No Rio de Janeiro, onde passava férias, no calçadão da praia ela viu um casal à sua frente. Surpresa porque a mulher usava uma sainha godê estampada, idêntica a uma das peças que ela imaginava ter esquecido no hotel do Nordeste, a garota ultrapassou o casal e com discrição, sem ser notada, olhou para trás.

Antes ela não tivesse feito isso. O susto que a moça levou fez suas pernas tremerem. Bem maquiado, com longos cabelos esvoaçantes e trejeitos femininos, quem vestia a sainha godê estampada era seu irmão mais novo, que havia deixado a casa dos pais.

O sobressalto seguinte, no entanto, foi mais forte. Ela quase desmaiou ao reconhecer a pessoa de mão dada com seu irmão: era o ex-namorado pelo qual ela tanto havia chorado.

ÓSSEOS ANÉIS

Misturados ao pó havia pequenos anéis esbranquiçados. Eram miniargolas de ossos mescladas às cinzas mortais. Esse detalhe estava bem nítido quando o resíduo da cremação do corpo foi espalhado no parque arborizado.

O pó foi salpicado em volta das árvores que a falecida gostava. Vai saber se não foi em cumprimento de um pedido feito por ela. A sobra do seu corpo cremado transformou-se em adubo, um simbólico pagamento póstumo pelo tanto que a vegetação do jardim a encantava.

A fornalha, aborrecida de reduzir tudo a pó, no dia da cremação apiedou-se um pouco do corpo que lhe apresentaram para o derretimento e resolveu fazer pequena rebeldia: não deixou alguns fragmentos de ossos virarem cinzas. Correu até o risco de ser acusada de incompetente, traidora ou coisa pior, porque não se portou de acordo com os modos protocolares de ação pelos quais foi projetada.

Por causa dessa estranha e inesperada gentileza, um daqueles pequenos anéis de osso, quem sabe um diminuto pedaço de um dedo, não se transformou em pó porque a indisciplinada fogueira condoeu-se dele.

Antes de baixar, o caixão cercou-se de lágrimas, pesares, música fúnebre e mil pensamentos. Depois, juntou-se a outros ataúdes, cada um deles à espera da hora apropriada para o acionamento do impiedoso fogo.

Correm por aí boatos no sentido de que antes de serem colocados no forno os corpos são muito bem examinados. Num dia de sorte, afirmam alguns fofoqueiros, os examinadores apropriam-se de dentes de ouro, bons sapatos, gravatas importadas, coisas que não fariam mais falta aos defuntos. O correto é que essa rapinagem, quiçá inverídica, nunca foi comprovada.

O destrutivo calor contentou-se apenas com a carne morta que envolvia aquele dedo. Poupou os ossinhos. Os mesmos que, auxiliados por nervos e recobertos pela alva pele, a falecida habilmente usava para folhear seus livros.

Mas, seriam mesmo das mãos da mulher as argolinhas de osso? Que dúvida inquietante... Dizem que a cremação é feita de forma individualizada. No entanto, quando o produto da torra é recolhido e acondicionado nas urnas, não é impossível que resíduos de um e de outro corpo se misturem.

Essa incerteza, todavia, não macula o sentimento causado pela visão dos minúsculos anéis pousados sobre a grama em volta das árvores. Se não todas, por certo eram da falecida a maior parte daquelas rodelinhas de osso.

Não há como desprezar-se a possibilidade de todos esses pensamentos terem aflorado por mais uma constatação da morte, mais uma evidência de que a mulher havia deixado este mundo.

À dor sofrida no velório juntou-se o ato de esparramar as cinzas embaixo das árvores. Tudo para confirmar a dura e precisa sentença: ela não existia mais.

Aqueles fragmentos de ossos, contudo, avivaram doces lembranças. Quantas vezes os dedos que ela possuía acariciaram um rosto ou introduziram-se de leve em cabelos, despenteando-os. Foram esses dedos também que comprimiram as canetas, com as quais ela escrevia recados carinhosos. Em reuniões festivas, ao notar que seu companheiro, já meio alto, iria dizer bobagens, ela arrumava um jeitinho discreto de mostrar-lhe o indicador encostado nos lábios, como sinal de acertada censura.

Dentre todas as recordações, uma das mais ternas trazidas por aqueles dedos foi a certeza de que, enquanto faziam parte das mãos dela, entrelaçados aos meus próprios dedos, ajudaram-me em muitas ocasiões a caminhar no rumo certo, longe de sendas tortuosas.

DESASSOSSEGO

A imagem surgiu-lhe à cabeça num relance: o rosáceo corte na polpa do dedão lembrava uma minúscula vagina humana. Foi isso que ele pensou ao ver a foto do polegar ferido da moça. Houve sintonia de pensamentos, pois no texto que a garota lhe enviou após voltar do pronto-socorro, bem humorada, ela afirmou que tivera a mesma impressão ao ver o rasgo em seu dedo.

Ela disse que se feriu ao cortar batatas. Não há dúvida de que o susto e o sangue desviaram seu intento de preparar fritas, ou uma salada com um pouco de atum ralado e cubinhos de tomate, como ele sabia que a moça gostava.

Será que o pequeno acidente doméstico interrompeu apenas um solitário almoço? Ela, acomodada no sofá, com o prato na mão vendo TV, e os gatos, aos seus pés, imóveis, sentados naquela clássica posição dos felinos, prestando atenção em tudo?

Mas — por que não? — ela poderia estar esperando uma amiga ou um amigo. E se fosse um namorado? Era domingo. Talvez, sem saber do revés sangrento, ele, de surpresa, chegasse com um frango assado, uma sobremesa, um vinho, um sorriso e uma real e metafórica — hum, que perigo... — fome.

Quem seria esse sortudo que acariciaria aquele dedo já então costurado e enfaixado? O dedão que ela poucas vezes ergueu num gesto de concordância com as ideias do homem possuído por esses devaneios. O mesmo polegar usado, com mais frequência de ponta-cabeça, para ela censurar o jeito estabanado de o homem levar a vida.

Paciência, paciência, o que ele poderia fazer se essas situações não lhe saíam da cabeça?

A moça morava a centenas de quilômetros dele. Um carro, um ônibus ou um avião poderiam levá-lo até ela. A distância, assim, não seria óbice que o proibisse de visitá-la. Algo, no entanto, o impediu de fazer esse gesto de carinho. Ele não sabia qual fora o sentimento que o levou a praticar tal deselegância. Ou é provável que soubesse e lhe causaria abalo emocional se admitisse o motivo.

Como fazia nesses momentos de inquietação, ele foi dar uma volta no parque. Ver as babás empurrando carrinhos; cachorros se estranhando uns aos outros, essas coisas comuns em jardins públicos.

O finalzinho de uma tarde fria de junho se aproximava. Os pássaros já se empoleiravam nas árvores. Um deles, sem estar mal-intencionado ou imbuído de espírito jocoso, claro, aliviou as tripinhas e o excremento atingiu as costas do homem.

"Vai dar sorte", ele pensou. A noite caiu e ele voltou para casa. Perfumou-se depois do banho e, paciência, paciência, sem programa melhor, dirigiu-se ao bar costumeiro.

A primeira cerveja o alegrou. Todavia, ele não ficou só na primeira; e nem só na segunda. Último freguês do bar, ele viu surgir da fresta da porta de aço semi-abaixada dois braços femininos.

Um sobressalto apoderou-se dele. O esmalte vermelho das unhas contrastava com o achocolatado das mãos. Ele conhecia bem essa combinação de cores. O olhar do homem fixou-se nos polegares da mulher. Se um deles estivesse enfaixado, ele pensou, os braços seriam da moça. Ela, por algum milagre, viera amenizar a inquietação que o machucava.

A decepção, imagino, seria mais intensa se ele estivesse sóbrio. Com a alma adocicada pela cerveja, ele apenas suspirou ao ver que a dona das unhas vermelhas era uma jovem desconhecida querendo comprar cigarros.

Foi nesse momento que ele descobriu qual era o motivo de estar tomado por estranho desassossego. Ele amava a garota. Porém, com medo do que ela sentia por ele, não criara coragem para visitá-la.

VIZINHANÇA

Afirmar que me acostumei com o incômodo seria injusto. Melhor dizer que resolvi tolerar o barulho da obra e os gritos dos trabalhadores. Além de encher-me de paciência, nada mais eu poderia fazer. Outra reforma de apartamento no prédio à esquerda do meu... Os operários chegam de manhã — alguns até cantando — e começam a quebrar paredes, pisos, armários de alvenaria, portas e batentes.

O entulho é colocado em caçambas deixadas em frente ao edifício. Uma delas, outro dia, ostentava um bidê e uma bacia de privada em cima do monte de tijolos e azulejos despedaçados.

Essas peças de louça — no caso eram cor-de-rosa —, conhecedoras das profundas intimidades dos antigos usuários, foram descartadas sem qualquer piedade ou respeito ao conforto por elas já proporcionado a quem as utilizou. Apenas um triste fim, um lixão, os donos da obra reservaram a elas. Insensíveis, não pensaram em homenageá-las com uma música de adeus e algumas palavras de agradecimento.

Nada disso dispensaram às finadas peças. Esqueceram-se os ingratos do longo tempo de serviços prestados por elas. Coitadas, passaram a vida presas no piso frio do banheiro, como silentes testemunhas de imagens, como regra não perfumadas, vistas de baixo para cima.

A reforma um dia terminará. A mesma família pode ocupar de novo o apartamento. Ou, quem sabe, novos moradores se mudem para lá.

Caso ocorra a segunda hipótese, e tudo indicava que isso iria acontecer, não é impossível que trouxessem um piano de cauda, além dos móveis e eletrodomésticos. Se isso de fato se confirmar, o instrumento deverá ser içado por fora, porque não caberia no elevador de serviço. E carregá-lo nas costas escada acima, meu Deus, seria tarefa impensável.

O içamento desperta curiosidade. As pessoas passam e dão uma parada em frente ao edifício. Elas andam mais um pouco, e só então se detêm com o pescoço esticado para cima. Se o dia estiver claro, radioso, elas encostam a mão direita espalmada na testa para proteger os olhos do sol.

Não dá para adivinhar quem são. Todavia, umas torcem para que tudo saia bem e o piano chegue ao local a ele destinado. Outras, contudo, adorariam ver o instrumento cair, espatifando-se com forte ruído no jardim do condomínio.

Esse tipo de desastre não é raro. E quando acontece, pessoas sem pressa, sobretudo desocupados e moradores de rua, têm garantido por algumas horas um inusual e grátis espetáculo. Seria bom se não existisse remota chance de alguém acabar atingido pelo instrumento, porque a área em frente à janela pela qual o içamento é feito deve ficar isolada. No entanto, com nossas leis, nossos jeitinhos, tudo é possível.

Algum tempo depois, muito além do prazo acertado para o fim das obras, a reforma é comemorada. Felizes, os moradores convidarão amigos para um jantar no apartamento remodelado.

A festa avançará pela noite. Tudo é alegria, até que

o interfone toca. O zelador, em nome de um dos condôminos, reclama do barulho. Minutos depois, ouve-se de novo o interfone. Agora, o queixoso é outro vizinho.

O dono da casa, com a voz amolecida pelo álcool, desculpa-se e a festa termina. Os convidados vão embora falando muito bem do encontro, e cada casal promete fazer uma reunião de amigos em agradecimento.

Os anfitriões vão para a cama. O marido, bêbado, logo pega no sono, mas a mulher não.

Na cabeça dela surgem indagações: "Será que esses vizinhos chatos vão ficar de mal? Ah, tomara que não. E depois que a creche entregar meus cachorros? Eles latem demais. Como é que vou me virar? Ah, também esses vizinhos de merda se incomodam com tudo que a gente faz".

Este livro foi composto nas fontes Goudy Old Style e Century Gothic, sendo impresso em papel Pólen Natural 80 g pela gráfica Color System, em julho de 2024.